LA IDENTIDAD

BIOGRAFÍA

Milan Kundera nació en la República Checa y desde 1975 vive en Francia.

MILAN KUNDERA
LA IDENTIDAD

Traducción del original francés
de Beatriz de Moura

MAXI
TUSQUETS
EDITORES

Obra editada en colaboración con Editorial Planeta – España

Título original: *L'identité*

© 1997, Milan Kundera. Todos los derechos reservados
© 1998, Traducción: Beatriz de Moura

Diseño de la portada: © 2012, 2023, Milan Kundera
Adaptación de la portada: Maxi Tusquets / Área Editorial Grupo Planeta

© Tusquets Editores, S.A, – Barcelona, España

Derechos reservados

© 2023, Editorial Planeta Mexicana, S.A. de C.V.
Bajo el sello editorial TUSQUETS M.R.
Avenida Presidente Masarik núm. 111,
Piso 2, Polanco V Sección, Miguel Hidalgo
C.P. 11560, Ciudad de México
www.planetadelibros.com.mx

Primera edición impresa en España: febrero de 2023
ISBN: 978-84-1107-227-4

Primera edición impresa en México: agosto de 2023
ISBN: 978-607-39-0287-8

Impreso en los talleres de Impregráfica Digital, S.A. de C.V.
Av. Coyoacán 100-D, Valle Norte, Benito Juárez
Ciudad De Mexico, C.P. 03103
Impreso en México - *Printed in Mexico*

1

Un hotel en una pequeña ciudad a la orilla del mar normando que habían encontrado por casualidad en una guía. Chantal llegó el viernes por la tarde para pasar allí una noche a solas, sin Jean-Marc, que se reuniría con ella al día siguiente a mediodía. Dejó una pequeña maleta en la habitación, salió y, tras un corto paseo por calles desconocidas, volvió al restaurante del hotel. A las siete y media, la sala aún estaba vacía. Se sentó a una mesa a la espera de que alguien la atendiera. Al otro lado, cerca de la puerta de la cocina, dos camareras estaban en plena conversación. Como odiaba elevar la voz, Chantal se levantó, atravesó la sala y se detuvo junto a ellas; pero estaban demasiado enzarzadas en su tema: «Te digo que hace ya diez años de eso. Los conozco. Es terrible. Y no ha dejado ningún rastro. Ninguno. Lo dijeron en la tele». Y la otra: «¿Qué habrá podido pasarle? — Nadie tiene la menor idea. Eso es lo más horrible. — ¿Un crimen? — Ya lo han registrado todo por los alrededores. — ¿Un secuestro? — Pero ¿quién? ¿Y por qué? No era nadie, ni rico ni importante. Los he visto por la tele. Sus hijos, su mujer. Estaban desesperados. ¡Imagínate!».

De pronto se fijó en Chantal:

—¿Conoce ese programa de televisión sobre gente que de pronto desaparece un día? Se llama *Perdido de vista*.

—Sí —dijo Chantal.

—Tal vez haya visto lo que le pasó a los Bourdieu. Son de por aquí.

—Sí, es espantoso —dijo Chantal sin saber cómo desviar aquella conversación sobre una tragedia hacia una vulgar cuestión de comida.

—Usted querrá cenar —dijo por fin la otra camarera.

—Sí.

—Ahora mismo llamo al *maître*, vaya a sentarse.

Su compañera añadió algo más:

—¡Imagínese! Alguien a quien quiere desaparece y nunca sabrá lo que le ha ocurrido. ¡Es para volverse loco!

Chantal volvió a su mesa; el *maître* vino al

cabo de cinco minutos; ella encargó una cena fría, muy simple; no le gusta comer sola; ¡odia comer sola!

Mientras partía el jamón en el plato no podía poner freno a los pensamientos que habían desencadenado los comentarios de las camareras: en este mundo donde cada uno de nuestros pasos está controlado y queda grabado, donde los grandes almacenes disponen cámaras para vigilarnos, donde la gente se pasa la vida dándose codazos, donde los hombres no pueden ni siquiera hacer el amor sin que al día siguiente les interroguen investigadores y encuestadores («¿dónde hace usted el amor?», «¿cuántas veces por semana?», «¿con o sin preservativo?»), ¿cómo puede alguien escapar de esa vigilancia y desaparecer sin dejar rastro? Sí, conoce bien ese programa con un título que le horroriza, *Perdido de vista*, el único programa que la desarma por su sinceridad, por su tristeza, como si una intervención ajena, salida de quién sabe dónde, hubiera forzado a la televisión a renunciar a toda frivolidad. En tono grave, el presentador solicita a los espectadores que aporten cualquier testimonio que pueda ayudar a descubrir al desaparecido. Al final de la emisión, enseñan una tras otra las fotos de todos los «perdidos de vista» de los que se ha hablado en emisiones anteriores; algunos siguen sin encontrarse desde hace ya muchos años.

Chantal imagina que un día perderá así a Jean-Marc. Que no sabrá nada de él, que no le quedará más remedio que imaginar. No podría siquiera suicidarse, pues el suicidio sería traicionarle, negarse a esperar, perder la paciencia. Estaría condenada a vivir hasta el final de sus días en un horror sin tregua.

2

Subió a la habitación, le costó dormirse y se despertó en medio de la noche después de un largo sueño, poblado exclusivamente de personas relacionadas con su pasado: su madre (muerta hace mucho tiempo) y sobre todo su ex marido (no había vuelto a verle en años y no se le parecía, como si el director del sueño se hubiera equivocado al hacer el *casting);* él iba con su hermana, dominadora y enérgica, y con su nueva mujer (nunca la ha visto; sin embargo, en el sueño no le cupo la menor duda de que era ella); al final, él le hacía vagas proposiciones eróticas y su nueva mujer besó a Chantal con fuerza en la boca intentando deslizar su lengua entre los labios. Siempre le han producido cierto asco dos lenguas lamiéndose una a otra. De hecho, ese beso fue lo que la despertó.

El malestar que le provocó el sueño era tan desmesurado que se esforzó por descifrar el motivo. Lo que tanto la había turbado, pensaba, era la supresión, urdida por el sueño, del tiempo presente. Porque ella se aferra apasionadamente a su presente, que por nada en el mundo cambiaría por el pasado o por el porvenir. Por eso no le gustan los sueños: imponen una inaceptable igualdad entre las distintas épocas de una misma vida, una contemporaneidad niveladora de todo cuanto el hombre ha vivido; no tienen en cuenta el presente, negándole su posición de privilegio. Como en el sueño de esa noche: todo un periodo de su vida había quedado aniquilado: Jean-Marc, su piso en común, todos los años compartidos con él; en su lugar, se habían arrellanado el pasado, las personas con las que ha roto desde hace tiempo y que han intentado atraparla en la red de una trivial seducción sexual. Sentía en la boca los labios húmedos de una mujer (que, por cierto, no era fea; el director del sueño, al elegir la actriz, había sido bastante exigente) y eso

13

le resultaba hasta tal punto desagradable que en plena noche fue al cuarto de baño para lavarse la cara y hacer gárgaras durante un buen rato.

3

F. era un antiguo amigo de Jean-Marc, se conocían desde los tiempos del liceo; compartían las mismas opiniones, se compenetraban en todo y habían permanecido en contacto hasta el día en que hace muchos años Jean-Marc, brusca y definitivamente, dejó de quererle y de verle. Cuando se enteró de que F. se encontraba muy enfermo en un hospital de Bruselas, no sintió ningunas ganas de visitarle, pero Chantal insistió en que fuera.

Al ver a su antiguo amigo se sintió abrumado: lo había conservado en la memoria tal como era en el liceo, un chico frágil, siempre impecablemente vestido, dotado de una finura natural ante la que Jean-Marc se sentía como un rinoceronte. Los rasgos sutiles, afeminados, que entonces hacían que F. pareciera más joven de lo que en realidad era, ahora lo avejentaban: su rostro le pareció grotescamente pequeño, hecho un ovillo, arrugado, como la cabeza momificada de una princesa egipcia muerta hace cuatro mil años; Jean-Marc miraba sus brazos: uno, inmovilizado por la aguja de un gota a gota clavada en la vena, el otro haciendo grandes gestos para apoyar sus palabras. Cuando lo veía gesticular, siempre había tenido la impresión de que, en relación con su cuerpo diminuto, los brazos de F. eran aún más pequeños, minúsculos, como los brazos de una marioneta. Esta impresión se acentuó aún más aquel día, porque aquellos gestos infantiles se acomodaban muy mal a la gravedad del tema que trataba: F. le contaba el estado de coma en el que estuvo sumido durante varios días antes de que los médicos le devolvieran a la vida: «Habrás oído alguna vez lo que cuenta la gente que ha sobrevivido a su muerte. Tolstói, por ejemplo, habla de eso en un cuento. Del túnel con una luz al final. De la atractiva belleza del más allá. Pues te diré una cosa, no hay ninguna luz, te lo juro. Y lo peor es que no estás inconsciente. Lo entiendes todo, lo oyes todo, sólo que ellos, los médicos, no se dan cuenta y hablan de cualquier cosa delante de ti, incluso de lo que no deberías oír. Que estás perdido. Que tu cerebro está jodido».

Se quedó un momento en silencio. Luego: «No quiero decir que mi mente estuviera perfectamente lúcida. Era consciente de todo, pero todo quedaba algo deformado, como en un sueño. De vez en cuando el sueño se convertía en pesadilla. Sólo que, en la vida, una pesadilla termina rápidamente, te pones a gritar y te despiertas, pero yo no podía gritar. Y eso fue lo más terrible: no poder gritar. Ser incapaz de gritar en medio de una pesadilla».

Se calló otra vez. Luego: «Nunca le tuve miedo a la muerte. Ahora, sí. No consigo quitarme la idea de que después de muerto te quedas vivo. Que estar muerto es vivir una pesadilla infinita. Pero dejémoslo. Dejémoslo. Hablemos de otra cosa».

Antes de llegar al hospital, Jean-Marc estaba seguro de que ni el uno ni el otro podría eludir el recuerdo de su ruptura y que se vería obligado a decirle a F. unas palabras de reconciliación nada sinceras. Pero sus temores habían sido vanos: la idea de la muerte convertía en hueras todas las demás. Por más que F. quisiera pasar a otro tema, seguía hablando de su cuerpo doliente. Este relato sumió a Jean-Marc en la depresión, pero no despertó en él afecto alguno.

4

¿Será realmente tan frío, tan insensible? Un día, hace muchos años, se enteró de que F. lo había traicionado; puede que la palabra sea demasiado romántica, seguramente exagerada, sin embargo, aquello le trastornó: en una reunión, en su ausencia, todo el mundo criticó a Jean-Marc y, más adelante, estas críticas acabaron por costarle el puesto. F. estaba presente en esa reunión. Estaba allí y no dijo ni una sola palabra en defensa de Jean-Marc. Sus minúsculos brazos, tan dados a gesticular, no hicieron el menor movimiento en favor de su amigo. Jean-Marc, que no quería equivocarse, averiguó que, efectivamente, F. había permanecido mudo. Cuando lo supo con toda certeza, se sintió unos minutos infinitamente dolido; luego, decidió no volver a verle nunca más; e inmediatamente después le sorprendió un sentimiento de alivio, inexplicablemente gozoso.

F. terminaba el relato de sus desgracias cuando, tras un momento de silencio, su rostro de princesita momificada se iluminó:

—¿Te acuerdas de nuestras conversaciones en el liceo?

—No mucho —dijo Jean-Marc.

—Siempre te escuché como a mi maestro cuando hablabas de chicas.

Jean-Marc intentó recordar, pero no encontró en su memoria rastro alguno de las conversaciones de antaño:

—¿Qué podría decir un chiquillo de dieciséis años sobre las chicas?

—Me veo de pie delante de ti —prosiguió F.—, diciendo algo sobre las chicas. ¿Te acuerdas? Siempre me ha chocado mucho que un cuerpo bonito sea una máquina de secreción; te dije que soportaba mal ver sonarse a una chica. Y todavía te veo: te detuviste, me miraste de arriba abajo y me dijiste en un curioso tono de entendido, sincero y firme: ¿Sonarse? ¡Si yo apenas puedo superar el asco de unos ojos que parpadean, de ese movimiento de los párpados sobre la córnea! ¿Te acuerdas?

—No —respondió Jean-Marc.

—¿Cómo has podido olvidarlo? El movimiento de los párpados. ¡Qué idea más rara!

Pero Jean-Marc decía la verdad; no se acordaba. Por otra parte, ni siquiera intentaba rebuscar en su memoria. Pensaba en otra cosa: ésta es la verdadera y única razón de ser de la amistad: ofrecer un espejo en el que el otro pueda contemplar su imagen de antaño, que, sin el eterno bla-bla-bla de los recuerdos entre compañeros, se habría borrado desde hacía tiempo.

—Los párpados. ¿De verdad no te acuerdas?

—No —dijo Jean-Marc, y luego, para sí, en silencio: ¿Por qué no quieres comprender que me importa un comino el espejo que me ofreces?

El cansancio había caído sobre F., que permaneció callado como si el recuerdo de los párpados lo hubiera agotado.

—Tienes que dormir —dijo Jean-Marc, y se levantó.

Al salir del hospital, sintió el irresistible deseo de estar con Chantal. Si no hubiera estado tan extenuado, se habría ido enseguida. Antes de llegar a Bruselas, había planeado un copioso almuerzo al día siguiente en el hotel y volver en coche tranquilamente, sin prisas. Pero, después del encuentro con F., puso el despertador a las cinco de la mañana.

5

Cansada después de una mala noche, Chantal salió del hotel. Camino del mar se cruzó con unos turistas domingueros. Los grupos reproducían todos el mismo esquema: el hombre empujaba un carrito con un bebé, la mujer caminaba a su lado; el rostro del hombre era bonachón, atento, sonriente, un poco azorado y siempre dispuesto a inclinarse sobre el niño, a quitarle los mocos y a calmar sus gritos; el rostro de la mujer era desganado, distante, presumido, incluso a veces (inexplicablemente) malvado. Chantal vio reproducirse este esquema con distintas variantes: el hombre, al lado de una mujer, empujaba el carrito y al mismo tiempo, en una mochila especial, llevaba un bebé a la espalda; el hombre, al lado de una mujer, empujaba el carrito, llevaba un niño sobre los hombros y otro en una mochila en el pecho; el hombre, al lado de una mujer, sin carrito, llevaba a un niño cogido de la mano y a otros tres encima, a la espalda, en el pecho y sobre los hombros. Y, finalmente, vio a una mujer, sin hombre, que empujaba un carrito con mucho más vigor que un hombre, de tal manera que Chantal, que caminaba en la misma acera, tuvo que apartarse de un salto para evitarlo.

Chantal se dice: Los hombres se han papaisado. Ya no son padres, tan sólo papás, lo cual significa: padres sin la autoridad de un padre. Se imagina coqueteando con un papá que empuja el carrito con un bebé y lleva además otros dos, uno a la espalda y otro en el pecho; aprovechando un momento en que la mujer se hubiera detenido delante de un escaparate, le propondría al marido una cita al oído. ¿Qué haría? El hombre, convertido en árbol de niños, ¿podría todavía volverse para mirar a una desconocida? ¿Acaso los bebés colgados de su espalda y de su pecho no se pondrían a berrear protestando por aquel movimiento inoportuno? Esta idea le parece divertida y la pone de buen humor. Se dice: Vivo en un mundo en el que los hombres nunca más se volverán para mirarme.

Luego, entre otros paseantes matutinos, llegó al malecón: la marea estaba baja; ante ella se extendía en un kilómetro la llanura de arena. Hacía mucho tiempo que no volvía a la orilla del mar normando, y desconocía las actividades que estaban de moda y se practicaban allí: las cometas y los *speed-sail*. Cometa: tela coloreada, tensada sobre un armazón peligrosamente duro, soltada al viento; con la ayuda de dos hilos, uno en cada mano, la dirigen en todas direcciones, de modo que sube y baja, da volteretas, emite un temible ruido parecido al de un gigantesco tábano y, de vez en cuando, cae de bruces en la arena como un avión que se estrella. Sorpresa, Chantal comprobó que sus propietarios no eran niños ni adolescentes, sino casi todos adultos. Y nunca mujeres, siempre hombres. Sí, ¡eran papás! ¡Papás sin niños, papás que habían conseguido escapar de sus mujeres! No corrían hacia sus amantes, corrían en la playa ¡para jugar!

Se le ocurrió de pronto otra pérfida manera de seducir: acercarse por detrás al hombre que sostiene los dos hilos y que, con la cabeza hacia atrás, observa el ruidoso vuelo de su juguete, y susurrarle al oído una proposición erótica con palabras muy obscenas. ¿Su reacción? No le cabe la menor duda: sin mirarla, le espetaría: ¡Déjame en paz! ¿No ves que estoy ocupado?

Es cierto, los hombres nunca más se volverán para mirarla.

Volvió al hotel. En el aparcamiento vio el coche de Jean-Marc. En recepción se enteró de que había llegado hacía al menos media hora. La recepcionista le entregó un mensaje: «He llegado antes de lo previsto. Salgo a buscarte. J.-M.».

—Ha salido a buscarme —suspiró Chantal—. Pero ¿adónde?

—El señor dijo que usted estaría seguramente en la playa.

6

Camino del mar, Jean-Marc pasó por una parada de autobús. Sólo había una joven con tejanos y camiseta; aun sin gran entusiasmo, movía muy claramente las caderas como si bailara. Cuando se acercó, vio que tenía la boca abierta de par en par: bostezaba larga, insaciablemente; aquel hueco descomunal se balanceaba mecido por el cuerpo que, maquinalmente, bailaba. Jean-Marc se dijo: Baila, pero se aburre. Llegó al malecón; más abajo, en la playa, vio a unos cuantos hombres que, con la cabeza hacia atrás, soltaban cometas en el aire. Lo hacían con pasión y Jean-Marc recordó su vieja teoría: hay tres tipos de aburrimiento: el aburrimiento pasivo: la chica que baila y bosteza; el aburrimiento activo: los aficionados a las cometas; y el aburrimiento rebelde: la juventud que quema coches y rompe escaparates.

Más lejos en la playa, unos niños entre doce

y catorce años, con grandes cascos de colores, demasiado pesados para sus pequeños cuerpos, se aglomeraban alrededor de unos extraños carricoches: en la cruz que forman dos barras metálicas habían fijado una rueda delantera y dos ruedas traseras; en el centro, una caja alargada y baja en la que un cuerpo puede deslizarse recostado; encima, un mástil que sostiene una vela. ¿Por qué llevarán cascos los niños? Es sin duda un deporte peligroso. Sin embargo, se dijo Jean-Marc, los que corren peligro con esos aparatos conducidos por niños son sobre todo los paseantes; ¿por qué no se les ofrece un casco a ellos también? Porque aquellos que se resisten a los placeres organizados son desertores de la gran lucha común contra el aburrimiento y no merecen ni atención ni casco.

Bajó los peldaños hacia la playa y atentamente pasó revista a la orilla ahora lejana del mar; se esforzó por distinguir a Chantal entre las alejadas siluetas de ociosos; al fin, la reconoció: acababa de detenerse para contemplar las olas, los veleros, las nubes.

Pasó al lado de unos niños que un monitor iba acomodando en los *speed-sail* que empezaban a moverse lentamente trazando círculos. Alrededor, otros carricoches se desplazaban ya a toda velocidad. Tan sólo una vela atada a un cable garantiza la buena dirección del vehículo y permite, al virar, evitar a los paseantes. Pero ¿puede un aficionado aún torpe controlar realmente la vela? ¿Nunca desobedecerá aquel trasto la voluntad del piloto?

Jean-Marc iba mirando los *speed-sail* cuando vio que uno de ellos se dirigía como un bólido hacia Chantal, y se le arrugó la frente. Un hombre mayor iba recostado dentro como un astronauta en un cohete. En aquella posición horizontal no puede ver nada de lo que ocurre delante. ¿Será Chantal capaz de evitarlo? Echó pestes contra ella, contra su naturaleza demasiado despreocupada, y aceleró el paso.

Ella dio media vuelta. Seguramente no vería a Jean-Marc, pues seguía a paso lento, el paso de una mujer inmersa en sus pensamientos que camina sin mirar a su alrededor. A él le habría gustado gritarle que no fuera tan distraída, que prestara atención a aquellos estúpidos carricoches que recorren la playa. De pronto, imagina su cuerpo atropellado por el *speed-sail;* la ve tirada en la arena, cubierta de sangre, mientras el carricoche se aleja por la playa y él corre hacia ella. Está tan conmocionado por esa imagen que se pone realmente a gritar el nombre de Chantal; el viento sopla con fuerza, la playa es inmensa y nadie oye su voz, de modo que puede entregarse a esta especie de teatro sentimental y, con lágrimas en los ojos, manifestar a gritos su angustia por ella; con el rostro crispado por la mueca del llanto, vive durante unos segundos el horror de su muerte.

Luego, sorprendido él mismo por ese curioso ataque de histeria, la vio a lo lejos paseando con indolencia, apacible, tranquila, encantadora, infinitamente conmovedora, y se sonrió de la comedia de duelo que acababa de representarse a sí mismo, sonrió sin reprochárselo, pues la muerte de Chantal lo acompaña desde que empezó a quererla; y entonces sí se puso a correr haciéndole señas con la mano. Pero ella se detuvo otra vez, otra vez se situó frente al mar, y miraba a lo lejos los veleros sin percatarse del hombre que agitaba la mano por encima de su cabeza.

¡Por fin! Al volverse hacia donde venía él, pareció verlo; lleno de felicidad, Jean-Marc levantó una vez más el brazo. Pero ella no le hacía caso y se detuvo, siguiendo con la mirada la larga línea del mar que acariciaba la arena. Ahora que estaba de perfil, él pudo comprobar que lo que había tomado por su moño era un pañuelo atado a la cabeza. A medida que se acercaba (con un paso de pronto mucho menos apresurado), aquella mujer que había tomado por Chantal se volvía vieja, fea e irrisoriamente otra.

7

Chantal se había cansado pronto de buscar desde el malecón a Jean-Marc y había decidido esperarlo en la habitación, presa de una gran somnolencia. Para no estropear el placer del reencuentro, se le antojó tomar enseguida un café. Cambió entonces de dirección y se encaminó hacia un pabellón de hormigón y cristal que abrigaba un restaurante, un bar, una sala de juegos y algunas tiendas.

Entró en el bar; la música, muy alta, la sobrecogió. Contrariada, avanzó no obstante entre dos filas de mesas. En la gran sala vacía, dos hombres la miraron de arriba abajo: uno, joven, apoyado en la barra, vestido de negro como cualquier camarero; el otro, de más edad, forzudo, en camiseta, de pie al fondo del local.

Tenía la intención de sentarse y le dijo al forzudo:

—¿Podrían bajar la música?

El hombre dio unos pasos hacia ella:

—Perdone, no la he oído.

Chantal le miró los brazos musculosos y tatuados: un cuerpo desnudo y tetudo de mujer rodeado por una serpiente.

Ella repitió (recogiendo velas):

—La música, ¿podría bajarla un poco?

El hombre contestó:

—¿La música? ¿Es que no le gusta?

Chantal vio cómo el joven, que se había deslizado detrás de la barra, aumentaba el volumen.

El hombre del tatuaje se acercó aún más a Chantal. Su sonrisa le parecía maligna. Se rindió:

—¡No, no tengo nada contra su música!

—Estaba seguro —dijo el tatuado— de que le gustaría. ¿Qué desea?

—Nada —contestó Chantal—, sólo quería mirar. Se está bien en su local.

—Entonces, ¿por qué no se queda? —dijo a su espalda, con una voz desagradablemente suave, el joven vestido de negro que una vez más había cambiado de lugar: se había plantado en medio de las dos filas de mesas, en el único paso hacia la salida. El tono melifluo de su voz provocó en ella algo parecido al pánico. Siente que ha caído

28

en una trampa que, dentro de un instante, se cerrará sobre ella. Quiere actuar con rapidez. Para salir tendrá que pasar por donde el joven le cierra el paso. Como si hubiera decidido tirarse de cabeza a su desgracia, se pone en marcha. Al ver ante ella la sonrisa dulzona del joven, siente palpitar su corazón. Tan sólo en el último momento él se aparta y la deja pasar.

8

¡Cuántas veces le habrá pasado lo de confundir el aspecto físico del ser amado con el de otro! Y siempre seguido del mismo asombro: ¿será tan ínfima, pues, la diferencia entre ella y las demás? ¿Por qué es incapaz de reconocer la silueta del ser al que más quiere en el mundo, del ser que él considera incomparable? Abre la puerta de la habitación. Por fin, la ve. Esta vez, sin la menor duda, es ella, pero tampoco se le parece del todo. Su rostro ha envejecido; su mirada es extrañamente malvada. Como si la mujer a la que había hecho señas en la playa debiera sustituir, a partir de entonces y para siempre, a la que ama. Como si debiera ser castigado por no ser capaz de reconocerla.

—¿Qué pasa? ¿Qué te ha ocurrido?

—Nada, nada —dijo ella.

—¿Cómo que nada? Estás completamente cambiada.

—He dormido muy mal. Casi no he dormido y he tenido una mañana horrible.

—¿Una mañana horrible? ¿Por qué?

—Por nada, realmente por nada.

—Dímelo.

—De verdad, no es nada.

Él insiste. Ella acaba por decir:

—Los hombres ya no se vuelven para mirarme.

Él la mira, incapaz de comprender lo que dice, lo que quiere decir. ¿Está triste porque los hombres ya no se vuelven para mirarla? Quiere decirle: ¿Y yo? ¿Y yo? ¿Yo, que te he buscado por kilómetros de playa, yo, que he gritado tu nombre llorando y que soy capaz de correr tras de ti por todo el planeta?

Pero no lo dice. En cambio, repite, lentamente, en voz baja, las palabras que ella acaba de pronunciar:

—Los hombres no se vuelven para mirarte. ¿Es eso realmente lo que te pone triste?

Ella se ruboriza. Se ruboriza como hace tiempo él no la ha visto ruborizarse. Ese rubor parece traicionar deseos inconfesados. Deseos de tal violencia que Chantal no puede contenerlos y repite:

—Sí, los hombres ya no se vuelven para mirarme.

9

Cuando Jean-Marc apareció en el umbral de la habitación, Chantal puso su mejor voluntad para mostrarse alegre; quería abrazarlo, pero no podía; desde su paso por el bar estaba tensa, crispada y hasta tal punto ensimismada en su humor sombrío que temía que el gesto de amor que hubiera esbozado pareciera forzado y contrahecho.

Luego Jean-Marc le había preguntado: «¿Qué te ha ocurrido?», y ella había contestado que había dormido mal, que estaba cansada, pero no había conseguido convencerle y él siguió interrogándola; al no saber cómo eludir esa inquisición amorosa, quiso decirle algo gracioso; entonces se le cruzó por la cabeza el recuerdo del paseo matutino y los hombres convertidos en árboles de niños y dio con la frase que había permanecido allí como un pequeño objeto perdido: «Los hombres ya no se vuelven para mirarme». Había recurrido a esa frase para eludir cualquier discusión seria; se esforzó por decirla de la manera más despreocupada posible, pero, para su sorpresa, la voz le había salido amargada y melancólica. Sentía esa melancolía pegada a su rostro e, inmediatamente, supo que él no la entendería.

Vio cómo la miraba, largo tiempo, gravemente, y comprendió que en lo más hondo de su cuerpo esa mirada encendía un fuego. Ese fuego se extendía rápido por su vientre, le subía al pecho, le quemaba las mejillas, mientras oía a Jean-Marc repetir tras ella: «Los hombres ya no se vuelven para mirarte. ¿Es eso realmente lo que te pone triste?».

Sentía que ardía como una antorcha y que el sudor se deslizaba por su piel; sabía que ese rubor otorgaba a su frase una importancia desmesurada; él debía de creer que con aquellas palabras (¡por otro lado tan anodinas!) ella se había traicionado, que ella le había dejado entrever secretas inclinaciones de las que, ahora, se avergonzaba; es un malentendido, pero no se lo puede explicar, porque es víctima desde hace algún tiempo de esos repentinos acaloramientos; siempre se ha negado a llamarlos por su verdadero nombre, pero, esta vez, ya no duda de lo que significan y, por la misma razón, no quiere, no puede hablar de ellos.

La ola de calor se alargó y se explayó, para colmo de sadismo, a la vista de Jean-Marc; no sabía qué hacer para esconderse, para taparse, para desviar la mirada indagadora. Extremadamente turbada, repitió la misma frase con la esperanza de que rectificaría ahora lo que le había salido mal la primera vez y que conseguiría pronunciarla con despreocupación, como algo gracioso, como una parodia: «Sí, los hombres ya no se vuelven para mirarme». Pero fue en vano, la frase sonaba aún más melancólica que antes.

En los ojos de Jean-Marc se enciende una luz que ella conoce bien y que es como una linterna de salvación: «¿Y yo? ¿Cómo puedes pensar en los que ya no se vuelven para mirarte cuando yo voy a todas horas corriendo tras de ti y adondequiera que estés?».

Chantal se siente a salvo, porque la voz de Jean-Marc es la voz del amor, la voz cuya existencia había olvidado en aquellos momentos de desconcierto, la voz del amor que la acaricia y la relaja pero para la que todavía no está preparada;

como si esa voz llegara de lejos, de demasiado lejos; tendrá que escucharla aún durante bastante tiempo para poder creer en ella.

Por eso, cuando él quiso abrazarla, ella se puso rígida; tuvo miedo de que él la estrechara entre sus brazos, miedo de que su cuerpo húmedo revelara su secreto. El momento fue demasiado corto y no le dio tiempo para controlarse; así, antes de que pudiera retener el gesto, tímida pero firmemente, ella lo apartó.

10

¿Habrá tenido realmente lugar ese encuentro malogrado por el que ya son incapaces de abrazarse? ¿Recuerda aún Chantal esos instantes de incomprensión? ¿Recuerda aún la frase que inquietó a Jean-Marc? No mucho. El episodio cayó en el olvido como otros miles. Unas dos horas más tarde, almuerzan en el restaurante del hotel y hablan alegremente de la muerte. ¿De la muerte? El jefe de Chantal le ha pedido que pensara una campaña publicitaria para las pompas fúnebres Lucien Duval.

—No te rías —dijo ella riendo.

—¿Y no se ríen ellos?

—¿Quiénes?

—Pues tus compañeros de trabajo. ¡Hacer publicidad de la muerte! La idea misma ya es descaradamente graciosa. ¡Vaya con el viejo trotskista de tu director! A ti siempre te ha parecido inteligente.

—Es inteligente. Lógico como un bisturí. Sabe de Marx, de psicoanálisis, de poesía moderna. Le gusta contar que, en la literatura de los años veinte, en Alemania o no sé dónde, había una escuela poética de lo cotidiano. Según él, la publicidad responde *a posteriori* a esa corriente poética. Convierte en poesía los simples objetos de la vida. Gracias a ella lo cotidiano se ha puesto a cantar.

—¿Y qué hay de inteligente en esas tonterías?

—El tono de cínica provocación con el que lo dice.

—¿Se ríe o no se ríe tu jefe cuando te encarga la publicidad de la muerte?

—Sonríe con una sonrisa distante; eso siempre queda elegante y, cuanto más poderoso eres, más te sientes obligado a ser elegante. Pero su sonrisa distante nada tiene que ver con una risa como la tuya. Y él es muy sensible a ese matiz.

—Entonces ¿cómo puede soportar la tuya?

—Pero, Jean-Marc, ¿tú qué crees? Yo no me río. No olvides que tengo dos caras. He aprendido a extraer de eso cierto placer, a pesar de que no es nada fácil tener dos caras. ¡Exige esfuerzo y disciplina! Deberías comprender que todo lo que hago, de buena o mala gana, lo hago con la ambición de hacerlo bien. Aunque sólo sea para no perder mi empleo. Y es muy difícil trabajar lo mejor que puedes y al mismo tiempo despreciar tu trabajo.

—Oh sí, tú eres capaz, tú puedes hacerlo, eres genial —dijo Jean-Marc.

—Sí, es cierto, puedo tener dos caras, pero no quiero ponérmelas al mismo tiempo. Contigo me pongo la cara burlona. Cuando estoy en la oficina, me pongo la cara seria. Por ejemplo, a mí me llegan las solicitudes de empleo de quienes aspiran a trabajar con nosotros. Me toca a mí dar una opinión positiva o negativa. Algunos, en su solicitud de trabajo, se expresan en un lenguaje perfectamente moderno, con todos los lugares comunes, en la jerga adecuada, con todo el debido optimismo. No necesito verles ni hablar con ellos para saber que los odio. Pero sé que son ellos los que se dedicarán a fondo a su trabajo. Luego están los que, sin duda, en otros tiempos, se hubieran dedicado a la filosofía, a la historia del arte, a la enseñanza del francés, pero que hoy, a falta de otra cosa, casi con desesperación, buscan un trabajo en nuestra empresa. Sé que secretamente desprecian el puesto que solicitan y que por lo tanto son mis semejantes. Y tengo que decidir.

—¿Y cómo lo haces?

—A veces recomiendo al que me cae simpático y otras al que se entregará a su trabajo. Actúo a medias: traiciono a veces a la empresa y a veces me traiciono a mí misma. Soy doblemente traidora. Y no considero ese estado de doble traición como una derrota, sino como una hazaña. Porque ¿durante cuánto tiempo seré capaz de mantener mis dos caras? Es agotador. Llegará un día en que ya sólo tendré una cara. La peor de las dos, por supuesto. La seria. La que consiente. ¿Me querrás todavía?

—Nunca perderás tus dos caras —dijo Jean-Marc.

Ella sonríe y levanta el vaso de vino:

—¡Ojalá!

Brindan, beben y luego dice Jean-Marc:

—Confieso que casi te envidio por hacer publicidad de la muerte. A mí, desde mi más tierna infancia, me han fascinado los poemas sobre la muerte. Aprendí muchísimos de memoria. Puedo recitarte algunos, si quieres. Podrían servirte. Por ejemplo, esos versos de Baudelaire, seguro que los conoces:

Capitana inmortal. Es la hora, zarpemos.
Nos aburre esta tierra, levad anclas, oh Muerte.*

—Los conozco, los conozco —le interrumpe Chantal—. Están muy bien, pero a nosotros no nos sirve.

—¿Por qué? ¡Si a tu viejo trotskista le gusta la poesía! ¿Y qué mejor consuelo para un moribundo que decirse «nos aburre esta tierra»? Estoy viendo ya esas palabras escritas en neón en la puerta de los cementerios. Para tu publicidad bastaría con modificarlas ligeramente: «Nos aburre esta tierra. Lucien Duval, capitán inmortal, le ayuda a levar anclas».

—Pero a mí no me toca gustar a los agonizantes. No son los que solicitarán los servicios de Lucien Duval. Y los vivos que entierran a sus

* Versos de *Las flores del mal*: «*Ô Mort, vieux capitaine, il est temps! levons l'ancre! / Ce pays nous ennuie, ô Mort! Appareillons!*», en traducción de C. Pujol. *(N. de la T.)*

38

muertos no quieren celebrar la muerte, sino gozar de la vida. Métetelo bien en la cabeza: nuestra religión radica en el elogio de la vida. La palabra «vida» es la reina de las palabras. La palabra-reina rodeada de otras grandes palabras. ¡La palabra «aventura»! ¡La palabra «porvenir»! ¡La palabra «esperanza»! A propósito, ¿sabes cuál es el nombre en clave de la bomba atómica que arrojaron sobre Hiroshima? ¡«Little Boy»! ¡El que inventó esa clave es un genio! Mejor, imposible. *Little boy*, niño pequeño, chiquillo, chaval, no hay palabra más tierna, más conmovedora, más preñada de porvenir.

—Sí, ya lo veo —dijo Jean-Marc, encantado—. La vida misma que planea sobre Hiroshima en la persona de un *little boy* que vierte sobre las ruinas la orina de oro de la esperanza. Así es como inauguraron la posguerra. —Y recogiendo su vaso, concluye—: ¡Brindemos!

11

Su hijo tenía cinco años cuando ella lo enterró. Más tarde, durante unas vacaciones, su cuñada le dijo: «Estás demasiado triste. Tienes que tener otro hijo. Sólo así lo olvidarás». El comentario de su cuñada le destrozó el corazón. Hijo: existencia sin biografía. Sombra que desaparece rápidamente en su sucesor. Pero ella no quería olvidar a su hijo. Defendía su irremplazable individualidad. En contra del porvenir ella defendía un pasado, el pasado desatendido y menospreciado del pobre pequeño muerto. Una semana después, su marido le dijo: «No quiero que te deprimas. Tenemos que tener enseguida otro hijo. Luego, olvidarás». Olvidarás: ¡no intentaba siquiera buscar otra fórmula! Entonces fue cuando nació en ella la decisión de dejarle.

Para ella estaba claro que su marido, hombre más bien pasivo, no hablaba por sí mismo, sino en nombre de los intereses más generales de la gran familia dominada por su hermana. Ésta vivía entonces con su tercer marido y dos hijos nacidos de matrimonios anteriores; había conseguido mantener buenas relaciones con sus ex maridos y agruparlos a su alrededor y junto a las familias de sus hermanos y primas. Aquellas multitudinarias reuniones se celebraban durante las vacaciones en una enorme casa de campo; había intentado introducir a Chantal en la tribu para que se integrara en ella progresiva e imperceptiblemente.

Fue allí, en aquella gran casa, donde su cuñada y luego su marido le exhortaron a tener otro hijo. Y allí, en una pequeña habitación, donde ella se negó a hacer el amor con él. Cada una de sus insinuaciones eróticas le recordaba la campaña familiar en favor de un nuevo embarazo, y la idea de hacer el amor con él se convirtió en grotesca. Tenía la impresión de que todos los miembros de la tribu, abuelas, papás, sobrinos, sobrinas, primas, escuchaban detrás de la puerta, inspeccionaban en secreto las sábanas de su cama, acechaban un cansancio matutino. Todos se adjudicaban el derecho de mirarle la barriga. Incluso los sobrinos más pequeños habían sido reclutados como mercenarios en aquella guerra. Uno de ellos le dijo:

—Chantal, ¿por qué no te gustan los niños?

—¿Por qué crees que no me gustan? —contestó ella fríamente, con brusquedad.

No supo qué decir. Irritada, ella continuó:

—¿Quién te ha dicho que no me gustan los niños?

Y el sobrinito, ante la severidad de su mirada, contestó en un tono a la vez tímido y contundente:

—Si te gustaran los niños, podrías tener uno.

A la vuelta de aquellas vacaciones, ella actuó con determinación: primero se empeñó en encontrar un trabajo. Antes de que naciera su hijo, había sido maestra. Como era un trabajo mal pagado, renunció a él y prefirió un empleo que no respondiera a sus deseos (le gustaba la enseñanza) pero que estuviera tres veces mejor remunerado. Tenía mala conciencia por traicionar sus gustos por dinero, pero qué remedio, era la única manera de obtener su independencia. Sin embargo, para obtenerla, no bastaba con el dinero. También necesitaba un hombre, un hombre que fuera la viva encarnación de otra vida, porque, aunque quisiera, con frenesí, liberarse de su vida anterior, no podía imaginar ninguna otra. Tuvo que esperar unos años antes de encontrar a Jean-Marc. Quince días después, le pedía el divorcio a su marido, a quien pilló por sorpresa su decisión. Entonces fue cuando su cuñada, con una mezcla de admiración y hostilidad, la llamó Tigresa: «Te quedas quieta, nadie sabe lo que piensas y, de repente, te lanzas». Al cabo de tres meses Chantal compró un piso donde, descartando cualquier idea de matrimonio, se instaló con su amor.

Jean-Marc tuvo un sueño: siente miedo por Chantal, la busca, corre por las calles y, por fin, la ve, de espaldas, mientras camina y se aleja. Corre tras ella y grita su nombre. Está ya a pocos pasos cuando ella vuelve la cabeza, y Jean-Marc, estupefacto, tiene ante sí otra cara, una cara ajena y desagradable. No obstante, no es otra persona, es Chantal, su Chantal, no le cabe la menor duda, pero su Chantal con la cara de una desconocida, y eso es atroz, insoportablemente atroz. La abraza, la estrecha entre sus brazos y le repite entre sollozos: ¡Chantal, mi pequeña Chantal, mi pequeña Chantal!, como si quisiera, al repetir esas palabras, insuflar su antiguo aspecto perdido, su identidad perdida, a aquella cara transformada.

Ese sueño lo despertó. Chantal ya no estaba a su lado en la cama; oyó los ruidos de todas las mañanas en el cuarto de baño. Todavía bajo el efecto del sueño, sintió la urgente necesidad de verla. Se levantó y fue hacia la puerta entreabierta. Allí se detuvo y, al igual que un mirón ávido de sorprender una escena íntima, la observó: sí, era Chantal tal como la había conocido: inclinada sobre el lavabo, se cepillaba los dientes, escupía saliva mezclada con pasta y se entregaba a su tarea de un modo tan cómico e infantil que Jean-Marc sonrió. Luego, como si sintiera su mirada, Chantal dio media vuelta y, al verlo en el marco de la puerta, se enfadó y acabó por dejarse besar en la boca todavía toda blanca.

«¿Pasarás a buscarme esta noche por la agencia?», le preguntó.

Hacia las seis, él entró en el vestíbulo, recorrió el pasillo y se detuvo delante de su despacho. La puerta estaba entreabierta, como la del cuarto de baño por la mañana. Vio a Chantal con dos mujeres, sin duda compañeras de trabajo. Pero ya no era la misma de la mañana; hablaba más alto, en un tono al que él no estaba acostumbrado, sus gestos eran más rápidos, más cortantes, más dominantes. Por la mañana, en el cuarto de baño, había reencontrado al ser que acababa de perder durante la noche y que, en ese final de tarde, volvía a alterarse bajo sus ojos.

Entró. Ella le sonrió. Pero aquella sonrisa era como de cartón piedra, y Chantal parecía paralizada. Desde hace unos veinte años, besarse en las dos mejillas se ha convertido en Francia en un gesto convencional casi obligatorio y, por eso, engorroso para los que se quieren de verdad. Pero

44

¿cómo se elude ese gesto convencional cuando el encuentro se da en público y uno no quiere que los demás crean que no se entiende con su pareja? Incómoda, Chantal se acercó y le ofreció las dos mejillas. El gesto le salió artificial y los dos se sintieron en falso. Salieron y, sólo tras un buen rato, ella volvió a ser para él la Chantal que conocía.

Siempre ocurre lo mismo: desde el instante en que vuelve a verla hasta el instante en que la reconoce tal como la ama transcurre cierto tiempo. Cuando se encontraron por primera vez, en un pueblo de montaña, tuvo la suerte de poder aislarse con ella casi enseguida. Si antes de ese encuentro a solas él la hubiera tratado un tiempo tal como era con los demás, ¿habría reconocido en ella al ser amado? Si la hubiera conocido tan sólo con la cara que muestra a sus compañeros, a sus jefes, a sus subordinados, ¿le habría emocionado y deslumbrado esa cara?

13

Tal vez debido a esa hipersensibilidad suya en esos momentos de extrañeza, se le había quedado tan fuertemente grabada la frase «los hombres ya no se vuelven para mirarme»: al pronunciarla, Chantal le pareció irreconocible. Esa frase no le iba. Y su cara, como malvada, como avejentada, tampoco le iba. Primero, habían reaccionado los celos: ¿cómo podía quejarse de que los demás ya no se interesaban por ella cuando aquella misma mañana él había estado dispuesto a matarse en la carretera con tal de acudir lo antes posible a su lado? Sin embargo, menos de una hora después, había terminado por decirse: todas las mujeres miden el paso del tiempo según el interés o el desinterés que los hombres manifiestan por su cuerpo. ¿No sería ridículo sentirse ofendido por eso? No obstante, aun sin sentirse ofendido, no estaba de acuerdo. Porque el mismo día de su primer encuentro había visto asomar en su cara la huella aún leve del paso del tiempo. Su belleza, que entonces le llamó la atención, no la hacía más joven de lo que correspondía a su edad; podría decir más bien que su edad hacía que su belleza fuera aún más elocuente.

La frase de Chantal le daba vueltas en la cabeza y él imaginó la historia de su cuerpo: anduvo perdido entre millones de otros cuerpos hasta el día en que una mirada de deseo se detuvo sobre él y lo rescató de la nebulosa multitud; más adelante, las miradas se multiplicaron y abrasaron aquel cuerpo que desde entonces atraviesa el mundo como una antorcha; son tiempos de luminosa gloria, pero pronto las miradas empiezan a escasear, la luz a apagarse poco a poco hasta el día en que aquel cuerpo, traslúcido, luego transparente, luego invisible, pasee por las calles como una pequeña nada ambulante. En el trayecto que conduce del primero al segundo estado de invisibilidad, la frase «los hombres ya no se vuelven para mirarme» es la luz roja que indica el comienzo de la progresiva extinción del cuerpo.

Por mucho que él le dijera que la quiere y la encuentra guapa, su mirada de enamorado no le serviría de consuelo. Porque la mirada del amor es la mirada del aislamiento. Jean-Marc pensaba en la amorosa soledad de dos viejos seres que han pasado a ser invisibles para los demás: triste soledad que anuncia la muerte. No, lo que ella necesita no es la mirada del amor, sino un aluvión de miradas indiscriminadas, desconocidas, groseras, concupiscentes, que se detengan fatal e inevitablemente sobre ella sin simpatía, sin ternura ni cortesía. Esas miradas la mantienen en la sociedad de los humanos. La mirada del amor la arrebata de ella.

Con remordimiento, pensaba en los comienzos vertiginosamente rápidos de su amor. No había tenido que conquistarla: desde el primer instante ella se había dejado conquistar. ¿Volverse para mirarla? ¿Para qué? Desde el principio ella había estado a su lado, frente a él, cerca de él. Desde el principio él había sido el más fuerte y ella la más débil. Esa desigualdad se asentaba en los cimientos de su amor. Desigualdad justificable, desigualdad inicua. Era más débil porque era mayor que él.

14

Cuando Chantal tenía dieciséis, diecisiete años, le encantaba una metáfora; ¿la habría inventado ella misma, o la habría oído, o leído? Poco importa: ella quería ser un perfume de rosas, un perfume expansivo y avasallador, quería traspasar así a todos los hombres y, por mediación de los hombres, abrazar al mundo entero. Perfume expansivo de rosas: metáfora de la aventura. Esa metáfora había brotado en el umbral de su vida adulta como la promesa romántica de una dulce promiscuidad, como una invitación al viaje a través de los hombres. Pero, por naturaleza, no había nacido mujer de muchos amantes, y ese sueño vago, lírico, pronto quedó adormecido en su matrimonio, que prometía ser tranquilo y feliz.

Mucho tiempo después, cuando ya había dejado a su marido y vivía desde hacía unos años con Jean-Marc, se reunió un día con él a la orilla del mar: cenaron al aire libre, en un entarimado sobre el agua; de esa cena ella conserva un recuerdo de intenso blancor; los tablones, las mesas, las sillas, los manteles, todo era blanco, las farolas estaban pintadas de blanco e irradiaban una luz blanca contra el cielo veraniego, a punto de oscurecer, en el que la luna, blanca también, lo blanqueaba todo. Y, en ese baño de blancura, ella sentía una insoportable nostalgia de Jean-Marc.

¿Nostalgia? ¿Cómo podía sentir nostalgia si lo tenía delante? ¿Cómo se puede sufrir por la ausencia de alguien que está presente? (Jean-Marc sabría contestar: se puede sentir nostalgia en presencia del ser amado si vislumbras un porvenir en el que el ser amado ya no está; si la muerte, invisible, del ser amado ya está presente.)

Durante esos minutos de extraña nostalgia a

la orilla del mar, Chantal recordó de repente a su hijo muerto y una oleada de felicidad la invadió. Pronto la asustaría ese sentimiento. Pero nadie puede hacer nada contra los sentimientos, ahí están y escapan a cualquier censura. Uno puede reprocharse tal acto, tal palabra pronunciada, pero no puede reprocharse un sentimiento, simplemente porque no tiene poder alguno sobre él. El recuerdo de su hijo muerto la llenaba de felicidad y sólo podía preguntarse por el significado de aquel sentimiento. La respuesta estaba clara: significaba que su presencia al lado de Jean-Marc era absoluta y que podía ser absoluta precisamente gracias a la ausencia de su hijo. Era feliz porque su hijo había muerto. Sentada frente a Jean-Marc, tenía ganas de decirlo en voz alta, pero no se atrevía. No estaba segura de su reacción, temía que él la tomara por un monstruo.

Saboreaba la total ausencia de aventuras. Aventura: manera de abrazar el mundo. Chantal ya no quería abrazar al mundo. Ya no quería el mundo.

Saboreaba la felicidad de no tener aventuras, de no desear aventuras. Recordó su metáfora y, al igual que en una película acelerada, vio cómo se marchitaba una rosa a toda velocidad hasta no quedar de ella más que un delgado tallo, negruzco, y hasta perderse para siempre en el universo blanco de aquella velada: la rosa diluida en el blancor.

Aquella misma noche, antes de dormirse (Jean-Marc ya estaba dormido), se acordó una vez más de su hijo muerto y de nuevo ese recuerdo vino asociado a aquella escandalosa oleada de felicidad. Se dijo entonces que su amor por Jean-Marc era una herejía, una transgresión de las leyes no escritas de la comunidad humana, de la que iba alejándose; se dijo que debía mantener en secreto la desmesura de su amor para no suscitar la enconada indignación de los demás.

15

Siempre es ella quien, por la mañana, sale la primera del piso y abre el buzón; deja las cartas dirigidas a Jean-Marc y recoge las suyas. Aquella mañana encontró dos cartas: una a nombre de Jean-Marc (la miró furtivamente: el matasellos era de Bruselas), la otra a su nombre, pero sin dirección ni sello. Alguien debió de depositarla personalmente. Como tenía prisa, la metió sin abrir en el bolso y se apresuró hacia el autobús. Una vez sentada, abrió el sobre; la carta consistía en una única frase: «La sigo como un espía, es usted bella, muy bella».

Su primer sentimiento fue desagradable. Alguien, sin pedirle permiso, quería intervenir en su vida, atraer sobre él su atención (su capacidad de atención es limitada y no tiene suficiente energía para ampliarla) y, en definitiva, importunarla. Luego se dijo que, al fin y al cabo, era una tontería. ¿Qué mujer no ha recibido algún día un mensaje parecido? Releyó la carta y se dio cuenta de que la señora de al lado también podía leerla. Volvió a meterla en el bolso y echó un vistazo a su alrededor. Vio gente sentada, mirando distraídamente por la ventana, dos jovencitas que se reían, un joven negro cerca de la salida, una mujer, sumergida en un libro, a quien sin duda le esperaba un largo trayecto.

Ella acostumbra a ignorar a todo el mundo en el autobús. Por culpa de aquella carta se sintió observada y observó a su vez. ¿Habrá siempre alguien que la mira fijamente como ese negro de hoy? Como si supiera lo que ella acababa de leer, éste le sonrió. ¿Y si fuera el autor del mensaje? Rechazó enseguida aquella idea demasiado absurda y se levantó para bajar en la siguiente parada. Tendría que pasar junto al negro, que obstruía el paso hacia la salida, y eso la incomodó. Cuando estuvo a poca distancia, el autobús frenó y por un instante ella intentó recuperar el equilibrio; el negro, que seguía mirándola, se echó a reír. Ella se apeó y se dijo: No coqueteaba; se burlaba.

Durante todo el día oyó esa risa burlona como un mal presagio. En su despacho miró la carta en dos o tres ocasiones y, al volver a casa, se preguntó qué debía hacer con ella. ¿Guardarla? ¿Para qué? ¿Enseñarla a Jean-Marc? Eso le habría puesto en un apuro, ¡como si ella quisiera presumir! Entonces ¿qué?, ¿destruirla? Eso es. Fue al baño e, inclinada sobre el retrete, miró la superficie líquida; rompió en pedacitos el sobre, los arrojó a la taza, tiró de la cadena, pero volvió a doblar la carta y se la llevó a la habitación. Abrió el armario y la metió debajo de sus sostenes. Al hacerlo, volvió a oír la risa burlona del negro y se dijo que era como todas las demás mujeres; sus sostenes, de pronto, le parecieron vulgares y tontamente femeninos.

16

Apenas una hora después, al llegar a casa, Jean-Marc enseñó a Chantal una esquela de defunción:

—La encontré esta mañana en el buzón. F. ha muerto.

Chantal casi se alegró de que otra carta, más grave, encubriera el ridículo de la suya. Tomó del brazo a Jean-Marc, lo condujo a la sala de estar y se sentó frente a él.

—Su muerte te ha afectado después de todo —dijo Chantal.

—No —dijo Jean-Marc—, o tal vez lo que me afecta es que no me afecte.

—¿Ni siquiera ahora se lo perdonas?

—Se lo he perdonado todo. Pero no se trata de eso. Te comenté aquel curioso sentimiento de felicidad que sentí cuando decidí, entonces, dejar de verle. Me sentía frío como un témpano y me alegraba por ello. Pues bien, su muerte no ha cambiado nada.

—Me asustas. De verdad, me asustas.

Jean-Marc se levantó para ir a buscar una botella de coñac y dos vasos. Luego, tras sorber un trago, prosiguió:

—Hacia el final de mi visita al hospital, empezó a contarme sus recuerdos. Me repitió algo que debí de decir cuando tenía dieciséis años. En aquel momento comprendí el único sentido de la amistad tal como se practica hoy. La amistad le es indispensable al hombre para el buen funcionamiento de su memoria. Recordar el propio pasado, llevarlo siempre consigo, es tal vez la condición necesaria para conservar, como suele decirse, la integridad del propio yo. Para que el yo no se encoja, para que conserve su volumen, hay que regar los recuerdos como a las flores y, para regarlos, hay que mantener regularmente el contacto con los testigos del pasado, es decir, con los amigos. Son nuestro espejo, nuestra memoria; sólo se les exige que le saquen brillo de vez en cuando para poder mirarnos en él. ¡Pero me importa un comino lo que yo hacía en el liceo! Lo que más deseé siempre, desde mi primera juventud, tal vez desde mi infancia, era otra cosa: la amistad como valor superior, por encima de todos los demás. Me gustaba decir: entre la verdad y el amigo, elijo siempre al amigo. Lo decía para provocar, pero lo pensaba en serio. Sé que hoy esta consigna se ha vuelto arcaica. Podía valer para Aquiles, el amigo de Patroclo, para los mosqueteros de Alejandro Dumas, incluso para Sancho Panza, que era un verdadero amigo para su amo, pese a todos sus desacuerdos. Pero ya no lo es para nosotros. Mi pesimismo va tan lejos que estoy dispuesto hoy a preferir la verdad a la amistad.

Tras saborear otro sorbo de coñac, continuó:

—La amistad era para mí la prueba de que existe algo más fuerte que la ideología, que la religión, que la nación. En la novela de Dumas, los cuatro amigos se encuentran a veces en bandos opuestos, obligados a luchar entre sí. Pero eso no altera su amistad. No paran de ayudarse, secretamente, con astucia, burlándose de la verdad de sus respectivos bandos. Han puesto su amistad por encima de la verdad, de la causa, de las órdenes superiores, por encima del rey, por encima de la reina, por encima de todo.

Chantal le acarició la mano y, tras una pausa, él añadió:

—Dumas escribió la historia de los mosqueteros dos siglos después de la época en que ocurren los hechos. ¿Sentiría ya la nostalgia del universo perdido de la amistad? ¿O es la desaparición de la amistad un fenómeno más reciente?

—No sabría decírtelo. Para las mujeres, la amistad no es un problema.

—¿A qué te refieres?

—A lo que he dicho. La amistad es un problema de los hombres. Es su forma de romanticismo. No la nuestra.

Jean-Marc tragó otro sorbo de coñac antes de retomar el hilo de su pensamiento:

—¿Cómo habrá nacido la amistad? Seguramente como una alianza contra la adversidad, alianza sin la cual el hombre habría quedado desarmado frente al enemigo. Tal vez ya no se plantee la necesidad vital de semejante alianza.

—Siempre habrá enemigos.

—Sí, pero son invisibles y anónimos. Las burocracias, las leyes. ¿Qué puede hacer por ti un amigo cuando deciden construir un aeropuerto delante de tus ventanas o cuando te despiden? Quien te apoye, si es que te apoya, será sin duda alguien anónimo e invisible, una organización de ayuda social, una asociación para la defensa del consumidor, un bufete de abogados. La amistad ya no se somete a pruebas que den fe de ella. Las circunstancias ya no se prestan a buscar a un amigo herido en el campo de batalla, ni a desenvainar el sable para defenderlo de algún bandolero. Atravesamos nuestra vida sin mayores peligros, pero también sin amistad.

—Si eso es verdad, deberías haberte reconciliado con F.

—Creo sinceramente que él no hubiera entendido mis reproches si se los hubiera explicado. Cuando los demás me criticaron, no dijo nada. Pero tengo que reconocer que él consideró su silencio como un acto de valentía. Me dijeron que hasta había presumido de no haber sucumbido a la psicosis que se creó contra mí y de no haber dicho nada que pudiera perjudicarme. Tenía, pues, la conciencia tranquila y debió de sentirse dolido cuando, sin más, dejé de verle. Me equivoqué al pedirle algo más que neutralidad. Si se hubiera atrevido a defenderme contra aquellos resentidos y desalmados, habría corrido él mismo el riesgo de caer en desgracia y de atraerse conflictos y problemas. ¿Cómo pude exigirle eso siendo él amigo mío? ¡Yo mismo no me porté como un amigo! Mejor dicho, lo traté con descortesía. Porque la amistad vaciada de su antiguo contenido se ha convertido hoy en un pacto de mutua atención o, a lo sumo, en un pacto de cortesía. Y es una descortesía pedirle a un amigo algo que pudiera perjudicarle o resultarle desagradable.

—Pues sí, así es. Pero convendría que lo dijeras sin amargura. Sin ironía.

—Te lo digo sin ironía. Es así y punto.

—Si te odian, si te echan la culpa de algo, si

te despiden, la gente que te conoce puede reaccionar de dos maneras: unos irán a unirse a la chusma; otros, discretamente, harán como si no supieran ni oyeran nada, de tal manera que podrás seguir viéndoles y hablándoles. Entre los segundos, entre los discretos y considerados están tus amigos. Amigos en el sentido moderno de la palabra. Escucha, Jean-Marc, sé lo que te digo, lo he sabido siempre.

17

En la pantalla, en primer plano, aparece un trasero en posición horizontal, hermoso y sexy. Una mano lo acaricia con ternura, saboreando la piel de aquel cuerpo desnudo, complaciente, entregado. Luego la cámara se aleja y se ve, en una cuna, el cuerpo entero: es un bebé sobre el que se inclina su madre. En la siguiente secuencia, ella lo incorpora y sus labios entreabiertos besan la boca blanda, húmeda y abierta del pequeño. En ese momento la cámara se acerca, y el mismo beso, aislado, en primer plano, se convierte de pronto en un sensual beso de amor.

En este punto, Leroy congeló la imagen:

—Vamos siempre a la búsqueda de una mayoría. Como los candidatos presidenciales de Estados Unidos durante la campaña electoral. Colocamos un producto en el mágico círculo de las imágenes que puedan reunir a una mayoría de compradores. Y, a la caza de esas imágenes, tendemos a sobrevalorar el sexo. Les advierto: sólo una pequeña minoría disfruta realmente de vida sexual.

Leroy hizo una pausa para saborear la sorpresa que ha causado en el reducido grupo de colaboradores que convoca cada semana para comentar una campaña publicitaria, un anuncio o un cartel. Saben desde hace tiempo que lo que más halaga a su jefe es que se muestren asombrados y no conformes a la primera. Por eso, una señora distinguida, con los dedos avejentados y cubiertos de anillos, se atrevió a contradecirle:

—¡Todos los sondeos dicen lo contrario!

—Por supuesto —dijo Leroy—. Si alguien le pregunta, mi querida señora, acerca de su sexualidad, ¿le diría usted la verdad? Aunque el que le hace esa pregunta no conozca su nombre, aunque se la formule por teléfono y no pueda verla, usted le mentirá: «¿Le gusta follar?» «¡Vaya si me gusta!» «¿Cuántas veces?» «Seis veces al día.» «¿Le

gusta hacer marranadas?» «¡Me vuelven loca!».
¡Simples patochadas! El erotismo, comercial-
mente hablando, es algo ambiguo, porque todo
el mundo ansía tener una vida erótica, pero también es cierto que a todo el mundo le horroriza
porque es portadora de desgracias, frustraciones,
envidias, complejos y sufrimientos.

Volvió a pasarles la misma secuencia del
anuncio televisivo; Chantal mira cómo los labios
húmedos rozan en primer plano los otros labios húmedos y cae en la cuenta (es la primera
vez que se da cuenta de una manera tan clara)
de que Jean-Marc y ella nunca se besan de esa
manera. Ella misma se sorprende: ¿será cierto?,
¿nunca se habrán besado así?

Sí, una vez. Cuando todavía ni se habían in-
tercambiado los nombres. En el gran salón de un
hotel de montaña, entre gente que bebía y char-
laba, se dijeron trivialidades, pero el tono de sus
voces les dio a entender que se deseaban el uno
al otro y se retiraron a un pasillo desierto, donde,
sin decirse nada, se besaron. Ella abrió la boca y
deslizó su lengua en la de Jean-Marc, dispuesta a
lamer todo cuanto encontrara en su interior. La
dedicación con la que obraban sus lenguas no
respondía a un impulso sensual, sino a la prisa
por dar a conocer al otro que estaban dispuestos

a amarse, enseguida, entera y salvajemente, sin pérdida de tiempo. Sus salivas no tenían nada que ver con el deseo o el placer, fueron simples mensajeras. Ninguno de los dos tenía el valor de decir abiertamente y en voz alta «quiero hacer el amor contigo, ahora, enseguida», y dejaban que las salivas hablaran por ellos. Por eso, durante el abrazo amoroso (que siguió al primer beso unas horas después), sus bocas, probablemente (ella ya no se acuerda, pero, a distancia, está casi segura), ya no se buscaban, ya no se tocaban, ya no se lamían y ni siquiera caían en la cuenta de aquel escandaloso desinterés recíproco.

Leroy volvió a congelar el anuncio:

—La clave está en encontrar las imágenes que mantengan el atractivo erótico sin poner en evidencia las frustraciones. Éste es el punto de vista que nos interesa de esta secuencia: aguijoneamos la imaginación sexual, pero enseguida la desviamos hacia el terreno de la maternidad. Porque el íntimo contacto corporal, la ausencia de secretos personales, la fusión de salivas no son exclusivos del erotismo adulto, todo esto está ya en la relación del bebé con su madre, en esa relación que es el paraíso terrenal de todos los gozos físicos. Por cierto, se han conseguido imágenes de la vida de un feto en el vientre de una futura madre.

Pues bien, en una posición acrobática, que sería para nosotros imposible de imitar, el feto practicaba una felación con su propio minúsculo órgano. Ya ven, la sexualidad no es exclusiva de los cuerpos jóvenes y bien plantados que tanta envidia suscitan. La autofelación de un feto enternecerá a todas las abuelas del mundo, incluso a las más amargadas y puritanas. Porque el bebé es el más poderoso, el más completo, el más seguro denominador común de todas las mayorías. Y un feto, queridos amigos, es más que un bebé, ¡es un hiperbebé, un superbebé!

Y una vez más les pasa el anuncio, y Chantal, una vez más, siente esa ligera repugnancia ante el contacto de dos bocas húmedas. Recuerda que, según le han contado, en China y en Japón la cultura erótica no conoce el beso con la boca abierta. El intercambio de salivas no es, pues, una fatalidad del erotismo, sino un capricho, una desviación, una cochinada específicamente occidental.

Una vez terminada la proyección, Leroy concluyó:

—La saliva de las mamás, ¡éste es el ungüento que enganchará a esa mayoría que queremos convertir en compradora de la marca Rubachoff!

Entonces, Chantal corrige su vieja metáfora:

no es un perfume de rosas, inmaterial, poético, lo que atraviesa a los hombres, sino salivas, materiales y prosaicas, que con su ejército de microbios pasan de boca en boca entre dos amantes, del amante a su esposa, de la esposa a su bebé, del bebé a su tía, de la tía, camarera en un restaurante, a un cliente en cuya sopa ha escupido, del cliente a su esposa, de la esposa a su amante y, así en adelante, a otras muchas bocas, de tal manera que cada uno de nosotros está sumergido en un mar de salivas que se mezclan y nos convierten en una sola comunidad de salivas, una sola humanidad húmeda y unida.

18

Aquella noche, en el barullo de motores y bocinas, Chantal volvió cansada a casa. Ansiando un poco de silencio, abrió el portal y oyó voces de obreros y martillazos. El ascensor estaba averiado. Al subir, sentía cómo la invadían las odiosas oleadas de calor, y los martillazos que retumbaban en toda la caja del ascensor eran como un redoble de tambores al compás de los sofocos, que los exasperaba, los amplificaba, los glorificaba. Empapada en sudor, se detuvo ante la puerta del piso y esperó un minuto para que Jean-Marc no la viera con aquella máscara roja.

«El fuego del crematorio me presenta su tarjeta de visita», se dijo. Aquella frase nunca se le había cruzado por la cabeza; le vino sin saber cómo. De pie ante la puerta, en medio del incesante ruido, se la repitió varias veces. No le gustó esa frase, su carácter ostentosamente macabro le pareció de mal gusto, pero no consiguió borrarla.

El martilleo cesó por fin, el acaloramiento empezó a atenuarse, de modo que entró. Jean-Marc la besó, pero, mientras le contaba algo, volvieron a retumbar los golpes, aunque amortiguados. Se sentía acosada, sin poder ocultarse en lugar alguno. Con la piel humedecida, dijo sin ninguna lógica:

—El fuego del crematorio es la única manera de no dejar nuestro cuerpo a merced de nadie.

Se percató de la mirada sorprendida de Jean-Marc y cayó en la cuenta de la incongruencia que acababa de decir; enseguida se puso a hablar del anuncio que había visto y de lo que Leroy les había comentado, y sobre todo del feto fotografiado en el vientre materno. Que, en una posi-

ción acrobática, consiguió una especie de masturbación tan perfecta que ningún adulto podría
lograr.

—Un feto con vida sexual, ¡imagínate! No es
consciente de nada, carece de individualidad, no
percibe nada, pero conoce ya la pulsión sexual y,
tal vez, el placer. De modo que nuestra sexualidad es anterior a la conciencia de nosotros mismos. Nuestro yo todavía no existe, pero ya aparece la concupiscencia. Pues fíjate, ¡esta idea ha
conmovido a todos mis compañeros! Ante el feto
masturbador, ¡tenían todos lágrimas en los ojos!

—¿Y tú?

—Oh, a mí me repugnó. Sí, Jean-Marc, me
repugnó.

Extrañamente emocionada, se abrazó a él, lo
estrechó entre sus brazos y permaneció así unos
segundos.

Luego continuó:

—¿Te das cuenta? Incluso en el vientre de la
madre, que dicen que es sagrado, no estás a salvo.
Te filman, te espían, te examinan mientras te
masturbas, examinan esa pobre masturbación de
feto. No te escapas de ellos mientras vives, todo
el mundo acaba enterándose. Pero tampoco te
escapas antes de nacer. Como tampoco te esca-
parás una vez muerto. Recuerdo que leí hace

tiempo en un periódico que sospecharon de un hombre que había vivido con el nombre de un gran aristócrata ruso exiliado. Para desenmascararlo, sacaron de la tumba los restos de una campesina que se suponía era su madre. Disecaron sus huesos, examinaron sus genes. ¡Me gustaría saber qué noble causa les ha dado el derecho de desenterrar a esa pobre mujer! ¡De hurgar en su desnudez, esa desnudez absoluta, la suprema desnudez del esqueleto! Mira, Jean-Marc, todo eso me repugna, sólo siento repugnancia. ¿Conoces la historia de la cabeza de Haydn? Se la cortaron con el cadáver aún caliente para que un científico medio loco pudiera escarbar en su cerebro y encontrar el lugar preciso en el que se sitúa el genio de la música. ¿Y la historia de Einstein? Había dispuesto en su testamento muy concretamente que quería ser incinerado. Siguieron sus instrucciones, pero su fiel y devoto discípulo se negó a vivir sin la mirada del maestro. Antes de incinerarlo, le quitó los ojos al cadáver y los puso en alcohol en una botella para que le miraran hasta el momento en que él mismo muriera. Por eso te he dicho que, para escapar de ellos, sólo nos queda el fuego del crematorio. Es la única muerte absoluta. Y no quiero ninguna otra. Jean-Marc, quiero una muerte absoluta.

Tras una pausa, los martillazos volvieron a retumbar en la sala.

—Sólo incinerada tendré la certeza de no oírles nunca más.

—Chantal, ¿qué te pasa?

Ella le miró, luego le dio la espalda, presa de nuevo de una gran emoción. Esta vez no tanto por lo que acababa de decir ella misma como por el tono de voz de Jean-Marc, tan atento con ella.

19

Al día siguiente Chantal fue al cementerio (como acostumbra a hacer una vez al mes) y se detuvo frente a la tumba de su hijo. Siempre habla con él y aquel día, como si necesitara dar una explicación, justificarse, le dijo, pequeño mío, pequeño mío, no creas que no te quiero o que no te he querido, pero precisamente porque te he querido es por lo que no hubiera podido convertirme en lo que soy si hubieras vivido. Es imposible tener un hijo y despreciar el mundo como yo, porque a ese mundo se te envía. Por un hijo nos apegamos al mundo, pensamos en su porvenir, participamos de buen grado en el mundanal ruido, en sus agitaciones, tomamos en serio su incurable estupidez. Con tu muerte me has privado del placer de estar contigo, pero a la vez me has hecho libre. Libre, frente al mundo al que aborrezco. Y si puedo permitirme aborrecerlo es porque tú ya no estás. Mis pensamientos sombríos ya no pueden atraer sobre ti maldición alguna. Quiero decirte ahora, tantos años después de que me dejaras, que he entendido tu muerte como un regalo y que he acabado por aceptar ese terrible regalo.

20

A la mañana siguiente, Chantal encontró un sobre en el buzón, con la letra del desconocido. La carta había perdido ya toda su lacónica levedad. Parecía una larga acta notarial. «El sábado pasado», había escrito su corresponsal, «a las nueve veinticinco, usted salió de su casa más pronto que otros días. Acostumbro a seguirla en su trayecto hasta el autobús, pero esta vez usted tomó la dirección opuesta. Llevaba una maleta y entró en una tintorería. La dueña debe de conocerla y tal vez tenerle simpatía. La observé desde la calle: como si la hubiera despertado de su somnolencia, se le encendió la cara, seguramente usted le hizo alguna broma, oí su risa, risa que usted provocó y en la que creí ver reflejado su rostro. Luego, salió con la maleta llena. ¿Serían jerséis, manteles o ropa interior? En todo caso, su maleta me pareció algo artificialmente añadido a su vida.» Describe su vestido y su collar alrededor del cuello. «Jamás le había visto antes ese collar. Es bonito. El rojo le sienta bien. La ilumina.»

La carta está firmada: C.D.B. Eso la intriga. La primera no llevaba firma, de modo que Chantal había pensado que aquel anonimato era, por decirlo así, sincero. Un desconocido que le envía un saludo y desaparece poco después. Pero una firma, incluso abreviada, manifiesta la intención de darse a conocer, poco a poco, lenta pero inevitablemente. C.D.B., repitió ella para sí sonriendo: Cyrille-Didier Bourguiba. Charles-David Barberousse.

Reflexionó sobre el texto: ese hombre debió de seguirla por la calle; «la sigo como un espía» había escrito en la primera carta; tendría, pues, que haberlo visto. Pero ella mira sin interés el mundo a su alrededor, y aquel día menos aún, ya que Jean-Marc iba con ella. Por otra parte, él y no ella fue quien hizo reír a la dueña de la tintorería y quien llevó la maleta. Lee de nuevo esas palabras: «Su maleta me pareció algo artificialmente añadido a su vida». ¿Cómo «añadida a su vida», si Chantal no llevaba la maleta? Esa cosa «añadida a su vida» ¿acaso no era el propio Jean-Marc? ¿Quiso su corresponsal meterse así, indirectamente, con su amor? Luego, divertida, se da cuenta de la comicidad de su reacción: es capaz de defender a Jean-Marc incluso ante un amante imaginario.

Al igual que la primera vez, no sabía qué hacer con la carta, y el baile de la duda volvió a repetirse siguiendo los mismos pasos: contempló la taza del retrete donde se dispuso a tirarla; rompió en pedacitos el sobre que desapareció tragado por el agua; dobló acto seguido la carta, se la llevó a la habitación y la deslizó debajo de sus sostenes. Al inclinarse sobre la estantería de la ropa interior, oyó abrirse la puerta. Cerró rápidamente el armario y se dio la vuelta: Jean-Marc estaba en el umbral. Lentamente él va hacia ella y la mira como nunca antes lo había hecho, con una mirada desagradablemente concentrada, y,

71

cuando se acerca a ella, la toma por los codos y, manteniéndola a unos centímetros de su cuerpo, sigue mirándola. Confundida, es incapaz de decir nada. Cuando esa confusión ya es insoportable, él la estrecha entre sus brazos y dice riendo: «Quería ver los párpados que te lavan la córnea como un limpiaparabrisas lava el cristal de un coche».

21

Jean-Marc piensa en eso desde su último encuentro con F.: los ojos: ventanas del alma; centro de la belleza de un rostro; punto en el que se concentra la identidad de un individuo; y, a la vez, instrumento que permite ver y que debe ser constantemente lavado, humedecido, tratado con un líquido salino especial. Un movimiento de lavado mecánico entorpece, pues, regularmente la mirada, lo más maravilloso que el hombre posee. Al igual que un limpiaparabrisas entorpece la visión a través del cristal de un coche. Hoy, además, se puede regular la velocidad del limpiaparabrisas con pausas de diez segundos, que son, aproximadamente, las del ritmo de un párpado.

Jean-Marc mira los ojos de las personas con quienes habla e intenta observar el movimiento de los párpados; comprueba que no es fácil. No estamos acostumbrados a tomar conciencia de la existencia de los párpados. Se dice: No hay nada que yo no mire con mayor frecuencia que los ojos de los demás y, por lo tanto, los párpados y su movimiento. Sin embargo, no retengo ese movimiento. Lo elimino de los ojos que tengo ante mí.

Y añade: Dios, haciendo chapuzas en su taller, llegó, por casualidad, a ese modelo de cuerpo en el que nos vemos obligados a convertirnos en alma por un breve periodo de tiempo. ¡Lamentable destino el de ser alma de un cuerpo hecho a la ligera, cuyos ojos no pueden mirar sin ser lavados cada diez o veinte segundos! ¿Cómo creer que quienquiera que esté ante nosotros es un ser libre, independiente, dueño de sí mismo? ¿Cómo creer que su cuerpo es la fiel expresión de un alma que lo habita? Para poder creerlo, hubo que olvidar el perpetuo parpadeo de los ojos. Hubo que olvidar el taller de chapuzas del que provenimos. Dios mismo nos lo ha impuesto.

Entre la infancia y la adolescencia de Jean-Marc hubo seguramente un corto periodo de tiempo durante el cual desconocía este pacto de olvido y en el que, aturdido, miraba deslizarse los párpados sobre los ojos: comprobó que el ojo no es una ventana por la que se ve un alma, única y milagrosa, sino una chapuza que alguien, desde tiempos inmemoriales, había puesto en funcionamiento. Debió de ser una conmoción para él ese instante de repentina lucidez adolescente. «Te detuviste», le había dicho F., «me miraste de arriba abajo y me dijiste en un curioso tono firme: A menudo me basta con ver cómo parpadean los ojos...» No se acordaba. Había sido una conmoción destinada al olvido. Y, efectivamente, lo habría olvidado para siempre si F. no se lo hubiera recordado.

Sumido en sus pensamientos, volvió a casa y abrió la puerta de la habitación de Chantal. Ella estaba ordenando algo en su armario cuando a Jean-Marc le apetecía ver cómo sus párpados le lavaban los ojos, esos ojos que para él eran la ventana de un alma inefable. Fue hacia ella, la tomó por los codos y le miró los ojos; en efecto, parpadeaban, incluso con bastante rapidez, como si se supiera sometida a un examen.

Los párpados subían y bajaban rápido, demasiado rápido, mientras Jean-Marc intentaba revivir la misma sensación de aquel joven de dieciséis años en quien ese mecanismo ocular había producido una exasperante decepción. Pero más que decepción, la velocidad anormal de los párpados y la repentina irregularidad de su movimiento le inspiraban ternura: en el limpiaparabrisas de los párpados de Chantal él veía el ala de su alma, el ala que se agitaba, que temblaba, presa del pánico. Su emoción, como un relámpago, fue tan brusca que la estrechó entre sus brazos.

Luego, al apartarla ligeramente, vio su rostro confuso, asustado, alarmado. Le dijo:

—Quería ver los párpados, que te lavan la córnea como un limpiaparabrisas lava el cristal de un coche.

—No entiendo ni una palabra de lo que dices —contestó ella, repentinamente relajada.

Entonces él le habló del recuerdo olvidado que el amigo de antaño le había evocado.

22

—Cuando F. me recordó esa frase que al parecer dije siendo aún adolescente, me pareció totalmente absurda.

—Pues no —le dijo Chantal—, conociéndote, seguro que la dijiste. Todo encaja. Acuérdate de lo que te pasó en medicina.

Nunca había subestimado el mágico momento en que un hombre elige su profesión. Consciente de que la vida es demasiado corta como para que esa elección sea reparable, le había angustiado comprobar que, espontáneamente, ninguna profesión le atraía. Examinó con escepticismo el abanico de posibilidades que se le ofrecía: ser fiscal, y dedicar toda la vida a perseguir a los demás; ser maestro, y convertirse en víctima de niños mal educados; cualquier especialidad técnica, sabiendo que todo progreso, salvo alguna pequeña ventaja, genera enormes estragos; la charlatanería de las ciencias humanas, a la vez sofisticada y hueca; arquitectura de interiores (le atraía por el recuerdo de su abuelo, que había sido carpintero), totalmente al servicio de las modas que él aborrecía; farmacia, reducidos los pobres farmacéuticos a vender cajas y frascos. Cuando se preguntaba qué profesión elegiría para toda la vida, en su fuero interior caía en el más incómodo de los silencios. Si, finalmente, eligió medicina fue más por un ideal altruista que por obedecer a una secreta preferencia: consideraba la medicina como la única ocupación indiscutiblemente útil al hombre, y cuyo progreso técnico no genera efectos negativos graves.

Las decepciones no tardarían en llegar. En segundo, tuvo que pasarse el día en la sala de disecciones: sufrió un choque del que jamás se repuso: era incapaz de mirar de frente a la muerte; poco después, reconoció que la verdad era aún peor: era incapaz de enfrentarse a un cuerpo: a su irreparable e irresponsable imperfección; al reloj que rige su descomposición; a la sangre, a las entrañas y a su dolor.

Debía de tener dieciséis años cuando le habló a F. del asco que le producía el movimiento de los párpados. Cuando decidió estudiar medicina, tenía diecinueve; en ese momento, al haber firmado ya el pacto del olvido, no recordaba lo que le había dicho a F. tres años antes. Peor para él. Ese recuerdo podría haberle puesto sobre aviso. Podría haberle hecho comprender que su elección a favor de la medicina era del todo teórica y suponía un completo desconocimiento de sí mismo.

De modo que estudió medicina durante tres años hasta que abandonó con un sentimiento de naufragio. ¿Qué elegir después de aquellos años perdidos? ¿A qué agarrarse si en su fuero interno permanecía tan mudo como antes? Bajó por última vez la escalinata exterior de la facultad con la sensación de que iba a encontrarse solo en el andén por el que habían pasado ya todos los trenes.

23

Para identificar a su corresponsal, Chantal miró discreta, pero atentamente, a su alrededor. En la esquina había un bar: lugar ideal para quien quisiera espiarla; desde allí se ve el portal de su casa, las dos calles por las que pasa todos los días y la parada del autobús. Entró, se sentó, pidió un café y examinó a los clientes. Vio en la barra a un joven, quien, al entrar ella, había desviado la mirada. Era un cliente habitual al que conocía de vista. Se acordó incluso de que, hacía tiempo, sus miradas se habían cruzado con frecuencia y que, más adelante, simularon no verse.

Chantal preguntó un día por él a una vecina. «¡Si es el señor Dubarreau!» «¿Dubarreau o Du Barreau?» La vecina no había podido decírselo. «Y su nombre, ¿lo sabe usted?» No, no lo sabía.

Du Barreau, las iniciales coincidían. De ser así, su admirador no sería un tal Charles-Didier ni un tal Christophe-David; la «d» tan sólo representaría la preposición y Du Barreau no tendría un nombre compuesto. Cyrille du Barreau. Mejor aún: Charles. Se imagina a una familia de aristócratas provincianos arruinados. Una familia risiblemente orgullosa de su preposición. Escenifica a Charles du Barreau apoyado en la barra, haciendo gala de su indiferencia, y se dice que aquella preposición le va como un guante, corresponde perfectamente a su actitud displicente.

Poco después, Chantal camina por la calle con Jean-Marc, y Du Barreau se acerca de frente. Ella lleva el collar rojo. Es un regalo de Jean-Marc, pero, como le parece demasiado llamativo, lo lleva pocas veces. Se da cuenta de que se lo ha puesto porque Du Barreau lo encuentra bonito. Él debía de ir pensando (¡y con razón!) que se lo ha puesto por y para él. La mira de pasada, ella también lo mira y, pensando en el collar, se ruboriza. Está segura de que él se ha dado cuenta de que el rubor le ha bajado hasta el pecho. Pero ya han pasado de largo, él ya se ha alejado de ellos y Jean-Marc, de pronto sorprendido, le dice: «¡Te has puesto roja! ¿Por qué? ¿Qué te pasa?».

Ella también se sorprende; ¿por qué se habrá

ruborizado? ¿Por vergüenza de prestar demasiada atención a ese hombre? ¡Pero si la atención que le presta no es sino una insignificante curiosidad! Dios mío, ¿por qué últimamente se ruborizará tantas veces, con tanta facilidad, como una adolescente?

En efecto, se ruborizaba mucho cuando era adolescente; entonces iniciaba el recorrido psicológico de la mujer, y su cuerpo, que empezaba a convertirse en un estorbo, le daba vergüenza. Una vez adulta, olvidó ruborizarse. Luego, los sofocos, con sus oleadas de calor, le anunciaron el final del recorrido, y su cuerpo, una vez más, volvió a darle vergüenza. Al despertar de nuevo el pudor, volvió a ruborizarse.

24

Llegaron otras cartas y se vio cada vez menos capaz de pasarlas por alto. Eran inteligentes, decentes, no eran ridículas ni inoportunas. Su corresponsal no pedía nada, no era en absoluto insistente. Tenía la sabiduría (o la astucia) de dejar en la sombra su propia personalidad, su vida, sus sentimientos, sus deseos. Era un espía: escribía sólo sobre ella. No eran cartas de seducción, sino de admiración. Y, de haber seducción, había sido concebida como un largo trayecto. La carta que acababa de recibir era sin embargo más temeraria: «Durante tres días la he perdido de vista. Cuando he vuelto a verla, su porte tan ágil, tan enaltecido, me ha maravillado. Se parecía usted a una llama que, para existir, debe bailar y elevarse. Más esbelta que nunca, caminaba como rodeada de llamas, llamas alegres, báquicas, ebrias, salvajes. Al pensar en usted, cubro su cuerpo desnudo con un manto hecho de llameantes hebras. Envuelvo su cuerpo blanco con un manto color carmín cardenal. Y, así arropada, la conduzco a una habitación roja, a una cama roja, ¡mi roja cardenal, mi bellísima cardenal!».

Unos días después Chantal se compró un camisón rojo. De vuelta a casa, se miró en el espejo. Se miraba desde todos los ángulos, levantaba lentamente el bajo del camisón y se sentía más esbelta que nunca, su piel nunca había sido tan blanca.

Llegó Jean-Marc. Se sorprendió de verla, con un camisón rojo magníficamente entallado, caminar hacia él con paso coqueto y seductor, rodearle, rehuirle y acercársele para enseguida huir otra vez. Dejándose seducir por el juego, la persiguió por toda la casa. De inmediato se vio en la inmemorial situación del hombre que persigue, fascinado, a una mujer. Ella corre alrededor de la gran mesa redonda, embriagada a su vez por la imagen de la mujer que corre delante de un hombre que la desea, luego se escapa hacia la cama y levanta el camisón hasta el cuello. Jean-Marc la quiere aquel día con inesperada y renovada fuerza. De pronto, Chantal tiene la impresión de que hay alguien allí, en la habitación, alguien que los observa con enloquecida atención, ve su rostro, el rostro de Charles du Barreau, quien le ha impuesto ese camisón, quien le ha impuesto ese acto de amor, y, al imaginárselo, grita de gozo.

Ahora respiran el uno junto al otro, y la imagen del que la espía la excita; susurra en el oído de Jean-Marc algo sobre un manto color carmín que cubre su cuerpo desnudo para atravesar, cual bellísima cardenal, una iglesia atestada de gente. Al oírlo, él la abraza y, mecido por las oleadas de fantasías que ella no deja de susurrarle, le hace el amor.

Luego, todo vuelve a la calma; sólo queda ante sus ojos, en un rincón de la cama, el camisón rojo, arrugado por sus cuerpos. Ante sus ojos entornados, esa mancha roja se convierte en un arriate de rosas que exhala el frágil perfume casi olvidado, el perfume de rosas que desea abrazar a todos los hombres.

25

Al día siguiente, un sábado por la mañana, Chantal abrió la ventana y vio el cielo admirablemente azul. Se sintió alegre y feliz y, bruscamente, le dijo a Jean-Marc, que estaba a punto de salir:

—¿Qué estará haciendo mi pobre Británicus?

—¿Por qué lo preguntas?

—¿Será aún tan lúbrico? ¿Vivirá todavía?

—¿Por qué te acuerdas de él ahora?

—No lo sé. Porque sí.

Jean-Marc se marchó y ella se quedó sola. Fue al cuarto de baño, luego hacia el armario, con ganas de ponerse muy guapa. Miró las estanterías y algo le llamó la atención. En la de la ropa interior, encima de una pila, descansaba, bien doblado, su chal, que, en cambio, ella recordaba haber tirado allí de cualquier manera. ¿Habría ordenado alguien sus cosas? La asistenta viene una vez por semana y nunca se mete en sus armarios. Se sorprendió de su poder de observación y se dijo que lo debería al aprendizaje de sus estancias veraniegas hace años en la casa de campo. Allí se había sentido hasta tal punto espiada que había aprendido a memorizar con precisión la manera en que ordenaba sus cosas para poder detectar el mínimo cambio introducido por una mano ajena. Encantada de que ese pasado hubiera quedado enterrado para siempre, se miró satisfecha en el espejo y salió. Al llegar abajo, abrió el buzón en el que la esperaba una carta. La metió en el bolso y pensó en el lugar en que la leería. Se sentó en un parque, bajo las inmensas ramas otoñales de un tilo que ya amarilleaba, abrasado por el sol.

«... sus tacones, que resuenan en la acera, me recuerdan los caminos que no he recorrido y que se ramifican como las ramas de un árbol. Usted ha despertado en mí la obsesión de mi primera juventud: imaginaba la vida ante mí como un árbol. Lo llamaba entonces el árbol de las posibilidades. Sólo se ve la vida de esa manera durante un corto periodo de tiempo. Después aparece como una carretera impuesta de una vez por todas, como un túnel del que ya no se puede salir.

No obstante, la antigua aparición del árbol permanece en nosotros bajo la forma de una indeleble nostalgia. Usted me ha recordado ese árbol y quiero, a cambio, transmitirle su imagen, hacerle oír su cautivador murmullo.»

Ella levantó la cabeza. Arriba, como un techo de oro adornado de pájaros, se extendían las ramas del tilo. Como si fuera el mismo árbol del que hablaba la carta. El árbol metafórico se confundía en su espíritu con su vieja metáfora de la rosa. Tenía que volver a casa. En señal de despedida dirigió una vez más la mirada hacia el tilo y se fue.

La verdad es que la rosa mitológica de su adolescencia no le había aportado muchas aventuras y no le traía a la memoria ninguna situación concreta —con excepción del recuerdo más bien gracioso de un inglés, mucho mayor que ella, quien en su visita a la agencia de publicidad, hace al menos unos diez años, estuvo haciéndole la corte durante media hora—. Sólo más adelante Chantal se enteró de su fama de mujeriego y juerguista. Aquel encuentro no tuvo otras consecuencias que convertirse en el blanco de las bromas con Jean-Marc (él fue quien le puso el apodo de Británicus) y despertar su curiosidad por algunas palabras que, hasta entonces, le habían sido indiferentes: por ejemplo, la palabra «juerga» y también la palabra «Inglaterra», que, contrariamente a lo que evoca en los demás, representa para ella un lugar de placer y vicio.

Camino de regreso, Chantal sigue oyendo la algarabía de los pájaros en el tilo y ve al viejo inglés vicioso; entre las brumas de esas imágenes sigue caminando con paso ocioso hasta acercarse a la calle en la que vive; allí, a unos cincuenta metros, ve que han sacado a la acera las mesas del bar y que su joven corresponsal está sentado a una de ellas, solo, sin libro, sin periódico, sin hacer nada; tiene ante él una copa de vino tinto y mira al vacío con la expresión de una grata indolencia que se corresponde con la de Chantal. Su corazón se dispara. ¡Todo parece diabólicamente preparado! ¿Cómo podía saber él que se encontraría con ella justo después de que hubiera leído su carta? Turbada como si caminara desnuda debajo de un manto rojo, se acerca a él, al espía de sus intimidades. A pocos pasos, aguarda el momento en que él la llame. ¿Qué haría ella? ¡Nunca se había propuesto ese encuentro! Pero no puede salir corriendo como una jovencita atemorizada. Con pasos siempre más lentos, pasa intentando no mirarlo (Dios mío, se está comportando realmente como una jovencita, ¿significa eso que ha envejecido de verdad?), pero curiosamente, con divina indiferencia, sentado ante su copa de vino tinto, él sigue mirando al vacío y no parece verla.

Chantal se aleja camino de su casa. ¿No se ha atrevido Du Barreau? ¿O habrá dominado su impulso? No, en absoluto. Su indiferencia había sido tan sincera que Chantal ya no puede dudar: se ha equivocado, se ha equivocado de un modo absolutamente grotesco.

26

Por la noche fue a cenar con Jean-Marc a un restaurante. En la mesa de al lado una pareja estaba sumida en un silencio sin fin. No es fácil sobrellevar un silencio ante la mirada de los demás. ¿Adónde deben de dirigir esos dos la mirada? Sería cómico que se miraran a los ojos sin decir nada. ¿Hacia el techo? Sería algo así como si exhibieran su mutismo. ¿Hacia las mesas de al lado? Correrían el riesgo de toparse con miradas irónicas atraídas por su silencio, y sería aún peor. Jean-Marc dijo a Chantal:

—Mira, no es que se odien. O que la indiferencia haya reemplazado al amor. No puedes medir el recíproco afecto entre dos seres humanos por la cantidad de palabras que intercambian. Simplemente no tienen nada en la cabeza. Tal vez incluso, al no tener nada que decirse, se nieguen a hablar por delicadeza. Todo lo contrario que mi tía. Cuando me la encuentro, no para de hablar. Intenté comprender el mecanismo de su locuacidad. Cuenta dos veces todo lo que ve y todo lo que hace. Que si se despertó por la mañana, que si sólo tomó café negro para desayunar, que si su marido fue después a pasear, imagínate, Jean-Marc, cuando volvió se puso a zapear delante de la tele, ¡imagínate!, luego se cansó y se fue a ojear unos libros. Y así (según dice ella misma) se le pasa el tiempo... No sabes, Chantal, cuánto me gustan esas frases simples, corrientes, y que son como la definición de un misterio. Ese «y así se le pasa el tiempo» es una frase fundamental. El problema de la gente es el tiempo, hacer que pase el tiempo, que pase por sí solo, a solas, sin esfuerzo por su parte, sin que ellos mismos, como agotados, se vean obligados a atravesarlo, y ésa es la razón por la que habla mi tía, porque, hablando por los codos, hace, como quien no quiere la cosa, que pase el tiempo, mientras que, cuando tiene la boca cerrada, el tiempo se inmoviliza, sale de la oscuridad, enorme, pesado, y atemoriza a mi pobre tía, quien, presa del pánico, busca enseguida a alguien a quien contar que su hija tiene problemas con su hijo que tiene diarrea, sí, Jean-Marc, diarrea, diarrea, ella fue a ver a un médico, tú no lo conoces, no vive lejos de aquí, lo conocemos desde hace años, sí, Jean-Marc, desde hace muchos años, a mí también me ha atendido ese médico, aquel invierno en que tuve la gripe, ¿te acuerdas, Jean-Marc?, tuve una fiebre horrible...

Chantal sonrió y Jean-Marc le contó otro recuerdo:

—Tenía apenas catorce años cuando murió mi abuelo, no el carpintero, el otro. Durante días emitió un sonido que no se parecía a nada, ni siquiera a un gemido, porque no sufría, ni siquiera a las palabras que no habría conseguido articular; no es que hubiera perdido el habla, simplemente no tenía nada que decir, nada que comunicar, ningún mensaje concreto, no tenía ni con quien hablar, ya no se interesaba por nadie, estaba solo con el sonido que emitía, un único sonido, un «aaaaa» que sólo se interrumpía cuando tenía que inspirar. Lo miraba como hipnotizado; es algo que nunca conseguí olvidar, porque, aun siendo chiquillo, me pareció entender que así es la existencia como tal enfrentada al tiempo como tal; y comprendí que a ese enfrentamiento es a lo que llamamos aburrimiento. El aburrimiento de mi abuelo se expresaba mediante aquel sonido, mediante aquel «aaaaa» infinito, porque sin ese «aaaaa» el tiempo lo habría aplastado, y mi abuelo no tenía contra el tiempo más que una única arma, aquel pobre «aaaaa» que no tenía fin.

—¿Quieres decir que se aburría mientras se moría?

—Sí, es exactamente lo que quiero decir.

Hablan de la muerte, del aburrimiento, beben un burdeos, se ríen, se divierten, son felices.

Luego Jean-Marc retomó el hilo de su pensamiento:

—Creo que el grado de aburrimiento, si pudiera medirse, es hoy más elevado que antes. Porque las profesiones de antes, al menos la mayoría, eran impensables sin una apasionada dedicación: los campesinos enamorados de su tierra; mi abuelo, el mago de las hermosas mesas; los zapateros que conocían de memoria los pies de los vecinos del pueblo; los guardabosques; los jardineros; supongo que incluso los soldados mataban entonces con pasión. El sentido de la vida no era un interrogante, formaba parte de ellos, de un modo muy natural, en sus talleres, en sus campos. Cada profesión había creado su propia mentalidad, su propia manera de ser. Un médico no pensaba como un campesino, un militar se comportaba de un modo distinto a un maestro. Hoy somos todos iguales, todos unidos por la común indiferencia hacia nuestro trabajo. Esta indiferencia ha pasado a ser pasión. La única gran pasión colectiva de nuestro tiempo.

—Sin embargo —dijo Chantal—, dime, tú mismo, cuando fuiste monitor de esquí, cuando escribiste en revistas sobre arquitectura de interiores o más tarde sobre medicina, o cuando trabajaste como dibujante en una carpintería...

—... sí, es lo que más me ha gustado, pero no funcionó...

—... o cuando estuviste en el paro sin hacer nada, ¡tú también debes de haberte aburrido!

—Todo cambió cuando te conocí. No porque mis trabajitos pasaran a ser más apasionantes, sino porque convierto todo lo que ocurre a mi alrededor en tema de conversación contigo.

—Podríamos hablar de otra cosa, ¿no?

—Dos personas que se aman, solas, aisladas del mundo, es algo hermoso. ¿Pero con qué alimentarían sus conversaciones? Por muy misera-

ble que sea el mundo, lo necesitan para poder
hablarse.

—Podrían callarse.

—¿Como esos dos de la mesa de al lado? —rió
Jean-Marc—. Oh, no, ningún amor sobrevive al
mutismo.

27

El camarero se inclinaba sobre la mesa con el
postre. Jean-Marc pasó a otro asunto:

—Supongo que recordarás al mendigo que vemos de vez en cuando por nuestra calle.

—No.

—Sí, seguro que te habrá llamado la atención.
Un tipo cuarentón que parece más un funcio-
nario o un maestro que un mendigo. Es tal el
apuro que siente al tender la mano para pedir
que está como petrificado. ¿No lo recuerdas?

—No.

—¡Sí, acuérdate! Se coloca siempre debajo de
un plátano, el único árbol, por cierto, que han
dejado en la calle. Puedes incluso ver las ramas
desde la ventana de casa.

Repentinamente el plátano le devolvió la imagen del mendigo:

—¡Ah, sí, ya lo veo!

—Sentí muchísimas ganas de hablarle, de empezar con él una conversación, de saber exactamente quién es, pero no te imaginas lo difícil que es.

Chantal ya no escucha las últimas palabras de Jean-Marc; tiene ante sí al mendigo. El hombre debajo del árbol. Un hombre apagado, cuya discreción llama la atención. Al ir siempre impecablemente vestido, los transeúntes apenas se dan cuenta de que es un mendigo. Hace unos meses, se dirigió a ella y, con mucha cortesía, le pidió una limosna.

Entretanto, Jean-Marc seguía:

—Es difícil porque debe de ser desconfiado. No entendía que yo quería hablar con él. ¿Por curiosidad? Debe de temerla. ¿Por piedad? Es humillante. ¿Proponerle algo? Pero ¿qué podría yo proponerle? Intenté ponerme en su piel para entender lo que él podría esperar de los demás. Pero no encontré nada.

Chantal lo imagina debajo de su árbol y, de golpe, como un fogonazo, el árbol le remite a la sospecha de que él es el autor de las cartas. Gracias a la metáfora del árbol se había traicionado, él, el hombre debajo del árbol, lleno de la imagen de su árbol. Rápidamente se encadenan las reflexiones: nadie más que él, el hombre sin empleo y que dispone de todo su tiempo, puede deslizar discretamente una carta en su buzón, nadie más que él, oculto tras la nada, inadvertido, puede seguirla en su vida cotidiana.

—Podría decirle —prosigue Jean-Marc—: Ayúdeme, por favor, a ordenar el trastero. Se negaría, no por pereza, sino porque no tiene ropa de trabajo y necesita mantener su traje en perfecto estado. Sin embargo, me gustaría tanto hablar con él. ¡Es mi *alter ego!*

Sin escuchar a Jean-Marc, Chantal dice:

—¿Cómo puede ser su vida sexual?

—¿Su vida sexual? —rió Jean-Marc—. Pues, ¡de ninguna manera, nula! ¡Vive sólo de sueños!

Sólo de sueños, se dijo Chantal. De modo que ella sólo es el sueño de un desgraciado. ¿Por qué la habrá elegido a ella, precisamente a ella?

Pero Jean-Marc seguía con su idea fija:

—Un día quisiera decirle: Acompáñeme a tomar un café, es usted mi *alter ego.* Vive usted la suerte de la que escapé sólo por casualidad.

—No digas tonterías —dijo Chantal—. Nunca estuviste amenazado por semejante suerte.

—Jamás olvidaré el momento en que dejé la facultad y comprendí que había perdido todos los trenes.

—Sí, lo sé, lo sé —dijo Chantal, que había oído esa historia muchas veces—, pero ¿cómo puedes comparar aquella derrota con la auténtica desgracia de un hombre que espera a que un transeúnte le ponga una moneda en la mano?

—No es una derrota abandonar los estudios; a lo que entonces renuncié fue a las ambiciones. De pronto era un hombre sin ambiciones. Y, al perder mis ambiciones, me encontré de golpe al margen del mundo. Peor aún: no tenía ningunas ganas de encontrarme en otra parte. Tanto más cuanto que no me sentía amenazado por la miseria. Pero, si no tienes ambiciones, si no te sientes ávido de éxitos, de reconocimiento, te instalas al borde del abismo. Me instalé allí, es cierto, con todas las comodidades. Aun así, me instalé al borde del abismo. Estoy, pues, sin exagerar, en el bando de ese mendigo y no en el del dueño de este estupendo restaurante en el que estoy tan a gusto.

Chantal se dice: Me he convertido en el ídolo erótico de un mendigo. ¡Menudo honor! Pero enseguida rectifica: ¿Y por qué los deseos de un

95

mendigo han de ser menos respetables que los de un hombre de negocios? Sin esperanzas, sus deseos adquieren una calidad inapreciable: son libres y sinceros.

Luego la sobrecogió otra imagen: el día en que con el camisón rojo hacía el amor con Jean-Marc, aquel tercero que los había observado, que estaba con ellos, no era el hombre del bar, ¡era el mendigo! Sí, ¡era él quien había cubierto sus hombros con el manto rojo, quien la había convertido en una viciosa cardenal! Por unos instantes esa idea le parece penosa y más bien molesta, pero su sentido del humor, enseguida, puede más y, en el fondo de sí misma, en silencio, se ríe. Imagina a aquel hombre, infinitamente tímido, pegado a la pared de su habitación, con su conmovedora corbata y la mano tendida, que con la mirada fija de un vicioso los mira retozar ante él. Se le antoja que, una vez terminada la escena de amor, ella se levanta de la cama, desnuda y bañada en sudor, recoge su bolso de la mesa, busca una moneda y se la pone en la mano. Apenas puede aguantar la risa.

Jean-Marc miraba a Chantal, cuyo rostro, de pronto, se iluminó con una secreta alegría. No tenía ganas de preguntarle cuál era el motivo, contento con saborear el placer de mirarla. Mientras ella se perdía en imágenes cómicas, él se decía que Chantal era su único vínculo sentimental con el mundo. Cuando le hablan de prisioneros, perseguidos y hambrientos, no conoce otra manera de sentirse personal y dolorosamente afectado por sus desgracias que la de imaginarse a Chantal en su lugar. Si le hablan de mujeres violadas durante una guerra civil, es a Chantal a quien violan. Ella y nadie más lo sacude de su indiferencia. Sólo por mediación suya es capaz de compartir.

Hubiera querido decírselo, pero le avergonzaba mostrarse patético. Sobre todo cuando le sobrevino otra idea, del todo contraria: ¿y si perdiera a ese ser único que le une a los humanos? No se refería a la muerte, más bien a algo más sutil, inasible, cuya idea le perseguía estos últimos tiempos: un día, él no la reconocería; un día, se daría cuenta de que Chantal no es la Chantal con la que ha vivido, sino aquella mujer de la playa por quien la había tomado; un día, la certeza que representaba Chantal para él se revelaría ilusoria y ella pasaría a serle tan indiferente como todas las demás.

Ella le tomó la mano:

—¿Qué te pasa? Te has vuelto triste. Desde hace unos días me doy cuenta de que andas triste. ¿Qué te pasa?

—Nada, no pasa nada.

—Sí. Dime qué te pone triste en este momento.

—Imaginaba que eras otra persona.

—¿Cómo?

—Que eras otra persona que la que imagino. Que me he equivocado sobre tu identidad.

—No te entiendo.

Él veía una pila de sostenes. La triste pila de sostenes. La ridícula pila de sostenes. Pero, más allá, reaparecía enseguida el rostro real de Chantal sentada frente a él. Sentía el contacto de la mano de ella sobre la suya, y la impresión de tener enfrente a un extraño o a un traidor se eclipsaba rápidamente. Sonreía:

—Olvídalo. No he dicho nada.

29

Con la espalda pegada a la pared de la habitación en la que hacían el amor, la mano tendida y los ojos mirando ávidamente sus cuerpos desnudos: así es como ella se lo imaginó durante la cena en el restaurante. Ahora, está con la espalda pegada al árbol y la mano torpemente tendida hacia los transeúntes. Primero, Chantal simula que no lo ve, luego, consciente y voluntariamente, con la vaga idea de zanjar una situación enmarañada, se detiene ante él. Sin levantar los ojos él repite su fórmula: «Una ayuda, por favor».

Ella lo mira: va ansiosamente aseado, lleva corbata, el pelo canoso peinado hacia atrás. ¿Es guapo? ¿Es feo? Su condición lo sitúa más allá de lo guapo y lo feo. Ella tiene ganas de decirle algo pero no sabe qué. Apurada, no puede hablar; abre el bolso, busca una moneda, pero, salvo unos cuantos céntimos, no encuentra nada. Allí está él plantado, inmóvil, con la terrible palma tendida hacia ella, y su inmovilidad incrementa aún más el peso del silencio. Decirle ahora, perdone, no llevo nada, le parece imposible, quiere darle un billete, pero sólo encuentra uno de doscientos francos; es una limosna desproporcionada que la ruboriza: siente como si mantuviera a un amante imaginario, como si le pagara de más para que le enviara cartas de amor. Cuando, en lugar del frío metal, el mendigo siente en su mano el papel, levanta la cabeza, y ella le ve los ojos, llenos de sorpresa. Es una mirada asustada, y ella, incómoda, se aleja rápidamente.

Cuando Chantal le puso el billete en la mano aún creía que se lo entregaba a su admirador. Sólo al alejarse fue capaz de una mayor lucidez: no había habido en sus ojos chispa alguna de complicidad; ninguna muda alusión a una aventura común; nada, sino una total y sincera sorpresa; nada, sino el asustado asombro de un pobre. De pronto, todo queda aclarado: pensar que ese hombre es el autor de las cartas es el colmo de lo absurdo.

Le sube a la cabeza la irritación contra sí misma. ¿Por qué presta tanta atención a semejante tontería? ¿Por qué, incluso imaginariamente, se presta a esa aventura montada por un desocupado que se aburre? La idea del montón de cartas oculto debajo de los sostenes se le hace de pronto insoportable. Se figura a un observador que desde un lugar secreto examina todo lo que hace, pero sin saber lo que ella piensa. Según lo que viera, no podría sino considerarla como una mujer trivialmente sedienta de hombres, peor, una mujer romántica y tonta que guarda como un objeto sagrado cualquier testimonio de amor con el que soñara.

Al no poder soportar por más tiempo esa mirada burlona del observador invisible, en cuanto llega a casa va hacia el armario. Ve la pila de sostenes y algo llama su atención. Por supuesto, ayer ya lo había notado: su chal no estaba doblado como ella suele dejarlo. Pero esta vez no puede ignorar esa huella de una mano que no es la suya. ¡Ah, conque es eso! ¡Él ha leído las cartas! ¡Él la vigila! ¡Él la espía!

La invade una irritación que dirige contra varios blancos: contra el hombre desconocido que, sin permiso, la molesta con sus cartas; contra sí misma por haberlas ocultado tan estúpidamente; y contra Jean-Marc, que la espía. Toma el montón de cartas y va (¡cuántas veces lo habrá hecho ya!) al lavabo. Allí, antes de romperlas en mil pedazos y de desprenderse de ellas tirando de la cadena, las mira por última vez y, llena de desconfianza, ve algo en la letra que despierta sus sospechas. La examina atentamente: siempre la misma tinta, los caracteres muy grandes, ligeramente inclinados hacia la izquierda, pero distintos de una carta a otra, como si el que las hubiera

101

escrito no hubiera conseguido reproducir siempre la misma letra. Esta observación le parece hasta tal punto extraña que, una vez más, no rompe las cartas y se sienta a la mesa para releerlas. Se detiene en la segunda, en la que la describe en la tintorería: ¿qué ocurrió entonces? Ella iba con Jean-Marc; él llevaba la maleta. En la tienda, de eso se acuerda muy bien, fue Jean-Marc quien hizo reír a la dueña. Su corresponsal menciona esa risa. Pero ¿cómo pudo oírla? Afirma que lo vio desde la calle. Pero ¿quién habría podido observarla sin que ella se diera cuenta? Eliminado Du Barreau, eliminado el mendigo, queda una única persona: el que estaba con ella en la tintorería. Y la fórmula «algo artificialmente añadido a su vida», que ella había interpretado como un lance torpe contra Jean-Marc, era de hecho un coqueteo narcisista del propio Jean-Marc. Sí, su narcisismo le ha traicionado, un narcisismo plañidero que quería decirle: en cuanto encuentras a otro hombre en tu camino, yo ya no soy sino un objeto inútil, añadido a tu vida. Luego se acuerda de aquella curiosa frase al final de la cena en el restaurante. Le había dicho que, tal vez, se había equivocado acerca de su identidad. ¡Que tal vez ella fuera otra persona! «La sigo como un espía», le había escrito en la primera carta. Así que él es ese espía. ¡La examina, experimenta con ella para probarse a sí mismo que ella no es como él cree que es! Le escribe cartas con el nombre de un desconocido y observa después su comportamiento, ¡la espía hasta en su armario, hasta entre sus sostenes!

Pero ¿por qué lo hace?

Una sola respuesta se impone: quiere tenderle una trampa.

Pero ¿por qué quiere tenderle una trampa?

Para quitársela de encima. De hecho, él es más joven y ella ha envejecido. Por mucho que oculte sus sofocos, ha envejecido y se nota. Busca un motivo para dejarla. No podría decirle: Has envejecido y yo soy joven. Es demasiado correcto para eso, demasiado amable. Pero en cuanto tenga la certeza de que ella le ha traicionado, la dejará con la misma facilidad, con la misma frialdad con las que había apartado de su vida a su viejo amigo F. Esa frialdad, tan extrañamente alegre, siempre la había atemorizado. Ahora comprende que ese temor era premonitorio.

30

Jean-Marc había inscrito el rubor de Chantal muy al principio del libro de oro de su amor. Se habían visto por primera vez en medio de mucha gente, en una sala alrededor de una larga mesa llena de copas de champán y platos con emparedados, terrinas y jamón. Era un hotel de montaña; entonces él era monitor y le habían invitado, por pura casualidad y tan sólo en aquella ocasión, a unirse a los miembros de una convención que terminaba por la noche con un pequeño cóctel. Les presentaron, de pasada, rápidamente, sin que pudieran siquiera retener sus respectivos nombres. Sólo pudieron intercambiar unas palabras en presencia de los demás. Sin ser invitado, Jean-Marc acudió al día siguiente tan sólo para volver a verla. Cuando apareció, ella se ruborizó. Se le ruborizaron no sólo las mejillas, sino el cuello, y aún más abajo, sobre todo el escote, se puso magníficamente roja ante todos, roja por y para él. Ese rubor había sido su declaración de amor, ese rubor lo decidió todo. Casi media hora después, consiguieron encontrarse a solas en la penumbra de un pasillo; sin pronunciar palabra, ávidamente, se besaron.

El que más adelante, durante años, él ya no la viera ruborizarse le confirmó el carácter excepcional de aquel rubor que, en la lejanía de su pasado, resplandecía como un rubí de inefable precio. Luego, un día, ella le dijo que los hombres ya no se vuelven para mirarla. Las palabras, en sí mismas insignificantes, pasaron a ser importantes gracias al rubor al que iban asociadas. No pudo permanecer mudo ante el lenguaje del color, que era el de su amor y que, unido a la frase que ella había pronunciado, le pareció hablar de la tristeza de envejecer. Por eso, oculto tras la máscara de un extraño, él le había escrito: «Soy como un espía, es usted bella, muy bella».

Cuando depositó la primera carta en el buzón, no había pensado siquiera en mandarle otras. No tenía plan alguno, no apuntaba a porvenir alguno, sólo quería halagarla, ahora, enseguida, quitarle aquella deprimente impresión de que los hombres ya no se volvían para mirarla. No intentaba prever sus reacciones. Si, aun así, se hubiera esforzado por adivinarlas, habría supuesto que ella le enseñaría la carta diciéndole: «¡Mira, pese a todo, los hombres todavía no me han olvidado!», y, con toda la inocencia de un hombre enamorado, habría añadido a las del desconocido sus propios elogios.

Pero ella no le enseñó nada. Al no haber punto final, el asunto quedó en suspenso. A los pocos días, él la sorprendió dominada por el pensamiento de la muerte, en un estado de tal desesperación que, quisiéralo o no, siguió con las cartas.

Mientras le escribía la segunda carta, iba diciéndose: Me convierto en Cyrano; Cyrano: el hombre que, oculto tras la máscara de otro, declara su amor a la mujer a quien ama; que, sin la carga de su nombre, ve estallar su elocuencia repentinamente liberada. Por eso, al pie de la carta, había añadido la firma: C.D.B., un código personal. Como si quisiera dejar una huella secreta de su paso. C.D.B.: Cyrano de Bergerac.

Y Cyrano seguía siendo. Al sospechar que ella había dejado de creer en sus encantos, él evocaba por ella su cuerpo. Procuraba designar cada una de sus partes, el rostro, la nariz, los ojos, el cuello, las piernas, para que ella volviera a presumir de su cuerpo. Se alegraba al comprobar que ella se vestía con mayor placer, que estaba más alegre, pero el éxito de su propósito al mismo tiempo le desalentaba: antes, a ella no le gustaba llevar el collar rojo, incluso cuando él se lo pedía; ahora, ella obedecía a la voluntad de otro.

Cyrano no puede vivir sin celos. El día en que irrumpió en la habitación en la que Chantal se inclinaba sobre una estantería del armario, la notó azorada. Le habló de los párpados que lavan los ojos, simulando no haber visto nada; sólo al día siguiente, cuando estuvo a solas en la casa, abrió el armario y encontró sus dos cartas debajo de la pila de sostenes.

Entonces, pensativo, se preguntó por qué ella no se las había enseñado; la respuesta le pareció sencilla. Si un hombre escribe cartas a una mujer, lo hace para preparar el terreno en el que, más adelante, la abordará para seducirla. Y, si la mujer guarda en secreto esas cartas, lo hace para que su discreción de hoy proteja la aventura de mañana. Y, si además las conserva, lo hace porque está dispuesta a entender esa futura aventura como una relación de amor.

Había permanecido largo tiempo ante el armario abierto y, después, cada vez que depositaba otra carta en el buzón, iba a comprobar que se encontraba en su lugar, debajo de los sostenes.

31

Chantal sufriría si se enterara de una infidelidad de Jean-Marc, pero eso respondería a lo que, en rigor, podría esperar de él. Pero el que la espiara, que la sometiera a aquel experimento inquisitorial, no correspondía a nada de lo que sabía de él. Cuando se conocieron, él no quería saber nada, no quería enterarse de nada relacionado con su vida pasada. Ella compartió rápidamente el radicalismo de aquel rechazo. Nunca guardaba secreto alguno para él y sólo se los callaba cuando él mismo no quería oír hablar de ellos. No ve, pues, motivo alguno para que, de repente, él se pusiera a sospechar de ella y a vigilarla.

De pronto, se acuerda de la frase acerca del manto color carmín cardenal que la había trastornado, y sintió vergüenza: ¡cuán receptiva había sido a las imágenes que alguien había sembrado en su cabeza!, ¡qué ridículo debió de parecerle! La había metido en una jaula como un conejo. Maligno y divertido, él observa sus reacciones.

¿Y si se equivocara? ¿No se había equivocado ya dos veces creyendo haber desenmascarado a su corresponsal?

Va en busca de unas cartas que Jean-Marc le había escrito en otros tiempos y las compara con las de C.D.B. Jean-Marc tiene una letra ligeramente inclinada hacia la derecha, con caracteres más bien pequeños, mientras que en todas las cartas del desconocido la letra es voluminosa e inclinada hacia la izquierda. Pero es precisamente esa diferencia demasiado evidente la que traiciona el engaño. Quienquiera que disimule su propia letra tenderá ante todo a cambiarle la inclinación y el tamaño. Chantal intenta comparar las «efes», las «aes», las «oes» de Jean-Marc con las del desconocido. Comprueba que, pese al distinto grosor, su perfil es más bien parecido. Pero, cuanto más sigue comparándolas, una y otra vez, más insegura va sintiéndose. Claro, como no es grafóloga, no puede estar segura de nada.

Elige una carta de Jean-Marc y otra firmada C.D.B. y las mete en el bolso. ¿Qué hacer con las demás? ¿Encontrarles un mejor escondite? ¿Para qué? Jean-Marc sabe que las tiene e incluso dónde las guarda. No debe darle a entender que se siente vigilada. Las deja, pues, en el armario, en el sitio donde siempre estuvieron.

Luego llamó a la puerta de un grafólogo. Un joven con un traje oscuro la recibió y la condujo por un pasillo a un despacho donde, detrás de una mesa, estaba sentado otro hombre, forzudo y en mangas de camisa. Mientras el joven permanecía apoyado en la pared del fondo, el forzudo se levantó y le tendió la mano.

El hombre volvió a su asiento y ella ocupó una silla frente a él. Depositó la carta de Jean-Marc y la de C.D.B. encima de la mesa: mientras explicaba, apurada, lo que quería saber, el hombre le dijo en un tono muy distante:

—Puedo hacerle un análisis psicológico del hombre cuya identidad usted conoce. Pero es difícil hacer el análisis psicológico de una letra falsificada.

—No necesito un análisis psicológico. Conozco de sobra la psicología del hombre que escribió estas cartas, si es que, como supongo, las escribió él.

—Si la entiendo bien, usted lo que quiere es tener la certeza de que la persona que le ha escrito esta carta (su amante o su marido) es la misma que cambió su letra en esta otra. Usted quiere desenmascararle.

—No es exactamente eso —dijo ella, incómoda.

—No del todo, pero casi. Sólo que, señora, yo soy un grafólogo-psicólogo, no un detective privado, ni colaboro con la policía.

Cayó el silencio en el pequeño despacho y ninguno de los dos hombres quería romperlo porque ninguno de los dos la compadecía.

Chantal sintió alzarse en el interior de su cuerpo una oleada de calor, una poderosa, salvaje, expansiva oleada; se puso roja, roja por todo el cuerpo; una vez más las palabras sobre el manto color carmín cardenal se le pasaron por la cabeza, ya que, efectivamente, su cuerpo se encontraba en aquel momento envuelto en un suntuoso manto hecho de llameantes hebras.

—Usted se ha equivocado de dirección —añadió el forzudo—. En esta oficina no nos dedicamos a delatar a la gente.

Al oír la palabra «delatar», su llameante manto pasó a ser un manto de vergüenza. Se levantó para recuperar las cartas. Pero, antes de que pudiera hacerlo, el joven que la había acogido en la puerta pasó al otro lado de la mesa; de pie junto al forzudo, miró atentamente las dos letras y dijo:

—Se trata por supuesto de la misma persona. —Luego, dirigiéndose a ella—: ¡Mire esa «te», mire esa «ge»!

De pronto, Chantal lo reconoce: ese joven es el camarero del bar de la ciudad normanda en la que ella esperaba a Jean-Marc. Y, al reconocerlo, oye en el interior de su cuerpo en llamas su propia voz sorprendida: ¡Todo esto no es verdad! ¡Estoy delirando, estoy delirando, esto no puede ser verdad!

El joven levantó la cabeza, la miró (como si quisiera mostrar su rostro para darse a conocer del todo) y le dijo, con una sonrisa a la vez suave y despectiva:

—¡Sí, es la misma letra! Lo único que ha hecho es agrandarla e inclinarla hacia la izquierda.

Ella no quiere oír nada más, la palabra «delatar» ha barrido todas las demás palabras. Se siente como una mujer que delata a su amado a la policía aportando como prueba un cabello encontrado en el lecho de la infidelidad. En fin, tras recuperar sus cartas, sin decir palabra, da media vuelta para marcharse. Una vez más, el joven ha cambiado de lugar: está cerca de la puerta y se la abre. Ella se encuentra a seis pasos de él, y esa corta distancia le parece infinita. Está roja, ardiendo, bañada en sudor. El hombre ante ella es arrogantemente joven y, arrogantemente, mira su pobre cuerpo. ¡Su pobre cuerpo! Bajo su mirada ella lo siente envejecer a ojos vistas, aceleradamente, y a plena luz.

Le parece revivir la misma situación que en el bar a la orilla del mar normando cuando, con su sonrisa meliflua, él había interceptado su paso hacia la puerta y ella temió no poder salir. Cree que hará la misma maniobra, pero él permanece correctamente de pie al lado de la puerta del despacho y la deja pasar; luego, con el paso inseguro de una anciana, ella se encamina por el pasillo hacia la puerta de entrada (sintiendo el peso de su mirada sobre su espalda empapada) y, cuando por fin se encuentra en el rellano, tiene la sensación de haber escapado de un gran peligro.

32

El día en que iban caminando juntos por la calle sin decirse nada, sin ver a su alrededor sino a paseantes desconocidos, ¿por qué se había ruborizado de repente ella? Era inexplicable: desconcertado, Jean-Marc no había podido entonces reprimir su reacción: «¡Te has puesto roja! ¿Por qué te has puesto roja?». Ella no le había contestado y él se sintió turbado al ver que a ella le ocurría algo que él ignoraba por completo.

Como si este episodio volviera a encender el regio color del libro de oro de su amor, él le escribió la carta sobre el manto color carmín cardenal. Siempre en su papel de Cyrano, había realizado su mayor hazaña: la había hechizado. Estaba orgulloso de su carta, de su seducción, pero sentía unos celos más fuertes que nunca. Había creado un fantasma de hombre y, sin quererlo, sometía a Chantal a una prueba para calibrar su receptibilidad a la seducción de otro.

Sus celos no se parecían a los que había conocido en su juventud cuando la imaginación aguijoneaba una torturante fantasía erótica; esta vez era menos dolorosa, pero más devastadora: poco a poco, iba transformando a una mujer amada en simulacro de mujer amada. Y, como Chantal ya no era un ser seguro para él, ya no quedaba agarradero estable alguno en el caos sin valores que es el mundo. Frente a la Chantal transubstanciada (o de-substanciada), una extraña indiferencia melancólica se había apoderado de él. No indiferencia hacia ella, sino indiferencia hacia todo. Si la vida de Chantal es un simulacro, también lo es toda la vida de Jean-Marc.

Finalmente, su amor pudo con los celos y las dudas. Se inclinaba sobre el armario abierto, los ojos fijos en los sostenes, cuando, bruscamente, sin comprender cómo había ocurrido, se sintió conmovido. Conmovido por ese gesto inmemorial de las mujeres que ocultan una carta entre la ropa interior, ese gesto mediante el cual su Chantal, única e inimitable, se situaba en el infinito cortejo de sus congéneres. Nunca quiso saber nada de aquella parte de su vida íntima que él no había compartido. ¿Por qué debería interesarse ahora, e incluso indignarse por ella?

Por otro lado, se preguntó, ¿qué es un secreto íntimo? ¿Será ahí donde reside lo más individual, lo más original, lo más misterioso de un ser humano? ¿Serán esos secretos íntimos los que convierten a Chantal en ese ser único al que ama? No. Es secreto lo más corriente, lo más trivial, lo más repetitivo y común a todos: el cuerpo y sus necesidades, sus enfermedades, sus manías, el estreñimiento, por ejemplo, o la menstruación. Si ocultamos púdicamente esas intimidades no es porque sean tan personales, sino, por el contrario, porque son lamentablemente impersonales. ¿Cómo puede estar resentido con Chantal por pertenecer a su sexo, parecerse a otras mujeres, llevar sostenes y, de paso, compartir la misma psicología de los sostenes? ¡Como si él mismo no tuviera alguna tonta peculiaridad eternamente masculina! Los dos provienen de aquel taller de chapuzas donde les habían estropeado los ojos con un movimiento desarticulado de los párpados y les habían instalado una pequeña y maloliente fábrica en el vientre. Los dos tienen un cuerpo en el que el alma ocupa muy poco espacio. ¿No deberían perdonárselo mutuamente? ¿No deberían ir más allá de las pequeñas miserias que ocultan en el fondo de sus cajones? Le sorprendió una inmensa compasión y, para zanjar de una vez esta historia, decidió escribirle una última carta.

33

Inclinado sobre una hoja de papel, vuelve a evocar lo que el Cyrano que era (que era todavía, por última vez) llamaba el árbol de las posibilidades. El árbol de las posibilidades: la vida tal como se muestra al hombre, quien, sorprendido, acaba de llegar al umbral de su vida de adulto: abundantes ramas llenas de abejas que cantan. Y cree comprender por qué ella nunca le ha enseñado las cartas: quería oír el murmullo del árbol, a solas, sin él, porque él, Jean-Marc, representaba el fin de todas las posibilidades, la reducción (incluso si se trataba de una feliz reducción) de su vida a una única posibilidad. Ella no podía hablarle de aquellas cartas porque, mediante ese acto de sinceridad, habría revelado enseguida (a sí misma y a él) que no le interesaban demasiado las posibilidades que prometían las cartas, que renunciaba de antemano a ese árbol perdido que él le señalaba. ¿Cómo podía estar resentido contra ella? Él fue quien, a fin de cuentas, quiso que escuchara la música de unas ramas llenas de murmullos. Ella se había comportado, pues, según el deseo de Jean-Marc. Había obedecido a su voluntad.

Inclinado sobre su hoja de papel, se dijo: El eco de ese murmullo debe permanecer en Chantal aunque termine la aventura de las cartas. De modo que escribe que un imprevisto ineludible le obliga a partir. Luego matiza esta afirmación: «¿Será realmente un imprevisto, o, más bien, no habré escrito mis cartas precisamente porque sabía que quedarían sin respuesta? ¿No será la certeza de mi partida lo que me permitió hablarle con total sinceridad?».

Partir. Sí, es el único desenlace posible, pero ¿adónde? Reflexiona. ¿Sin nombrar el lugar de destino? Sería demasiado romántico y misterioso. O indelicadamente evasivo. No cabe duda de que su existencia debe permanecer en la sombra, y por eso no puede revelar los motivos de su partida, ya que éstos indicarían la identidad imaginaria del corresponsal, su profesión, por ejemplo. Sin embargo, sería más natural decir adónde va. ¿Alguna ciudad en Francia? No. No sería motivo suficiente como para interrumpir una correspondencia. Debe marcharse lejos. ¿Nueva York? ¿México? ¿Japón? Sería poco creíble. Debe inventar alguna ciudad extranjera aunque cercana, trivial. ¡Londres! Claro que sí; le parece tan lógico, tan natural, que se dice sonriendo: En efecto, sólo puedo irme a Londres. Y enseguida se pregunta: ¿Por qué precisamente Londres me parece tan natural? De pronto surge el recuerdo del hombre de Londres con el que Chantal y él habían bromeado tantas veces, el tipo mujeriego que, hacía años, había entregado a Chantal su tarjeta de visita. El inglés, el británico, a quien Jean-Marc había apodado Británicus. No, no está mal: Londres, la ciudad de los sueños lúbricos. Allí es donde el adorador desconocido iría a confundirse con la multitud de juerguistas, falderos, ligones, erotómanos, pervertidos y viciosos; allí desaparecería para siempre.

Y piensa aún: dejará caer en su carta la palabra «Londres» a modo de firma, como un rastro apenas perceptible de sus conversaciones con Chantal. En silencio, se burla de sí mismo: quiere permanecer en el anonimato, no ser identificado, porque el juego lo exige. Sin embargo, un deseo contrario, un deseo perfectamente injustificado, irracional, secreto, sin duda estúpido, le incita a no pasar del todo desapercibido, a dejar una huella, a ocultar en algún lugar una firma en clave gracias a la cual un observador desconocido y excepcionalmente lúcido podría identificarle.

Al bajar la escalera para depositar la carta en el buzón, oyó gritos de voces agudas. Al llegar abajo, los vio: una mujer con tres niños delante del panel de los timbres. Pasó por su lado al dirigirse hacia los buzones en la pared de enfrente. Cuando se volvió, vio que la mujer llamaba al timbre en el que estaba escrito su nombre y el de Chantal.

—¿Busca a alguien? —preguntó.

La mujer le dijo un nombre.

—Sí, soy yo.

Dio un paso atrás y lo miró con ostentosa admiración:

—¡Ah, es usted! ¡Me alegro de conocerle! ¡Soy la cuñada de Chantal!

34

Desconcertado, no tuvo más remedio que invitarles a subir.

—No quisiera molestarles —dijo la cuñada cuando entraron todos en la casa.

—No me molestan. Además, Chantal no tardará en llegar.

La cuñada se puso a hablar; de vez en cuando lanzaba una mirada a los niños que permanecían tranquilos, tímidos, casi aturdidos.

—Me gustaría que Chantal los conozca —dijo acariciando la cabeza de uno de ellos—. Nacieron después de que se fuera. Le gustaban los niños. Llenaban nuestra casa de campo. Su marido era más bien odioso, no debería hablar así de mi hermano, pero volvió a casarse y ha dejado de vernos. —Y riendo—: En realidad, ¡siempre preferí Chantal a su marido! —Volvió a dar un paso atrás y miró a Jean-Marc de arriba abajo con una mirada a la vez admirativa y provocadora—: ¡Por fin supo elegir a un hombre! He venido a decirles que serán ustedes bienvenidos en casa. Le agradecería que viniera y nos devolviera así a Chantal. La casa estará abierta para ustedes siempre que quieran. Siempre.

—Gracias.

—¡Qué alto es usted, no sabe cuánto me gusta! Mi hermano es más bajo que Chantal. Siempre me pareció que ella lo trataba como si fuera su madre. Lo llamaba «ratita», ¿se da cuenta?, ¡como a una niña! Me la imaginaba siempre —dijo riendo a carcajadas— llevándole en brazos, meciéndolo y murmurándole ¡«ratita mía», «ratita mía»!

Hizo unos pasos de baile con los brazos tendidos como si llevara un bebé y repitió: «¡Ratita mía, ratita mía!». Continuó con su danza unos instantes más, exigiendo en respuesta la risa de Jean-Marc. Para satisfacerla, él esbozó una sonrisa e imaginó a Chantal frente a un hombre al que llamaba «ratita». La cuñada seguía hablando mientras él no podía evitar aquella imagen que le horrorizaba: la imagen de Chantal llamando «ratita» a un hombre (más bajo que ella).

Se oyó un ruido en la habitación de al lado. Jean-Marc se dio cuenta de que los niños ya no estaban junto a ellos. ¡Artera estrategia de invasores! Al abrigo de su insignificancia habían conseguido escabullirse a la habitación de Chantal; primero silenciosos como un ejército secreto, luego, al cerrar discretamente la puerta tras ellos, con la furia de los conquistadores.

Jean-Marc se mostraba inquieto, pero la cuñada le tranquilizó:

—No es nada. Son niños. Juegan.

—Sí —dijo Jean-Marc—, ya veo que juegan —y se dirigió hacia el alboroto de la habitación.

La cuñada fue más rápida. Abrió la puerta: habían convertido una silla giratoria en tiovivo; un niño se había tumbado boca abajo en la silla y daba vueltas mientras los demás lo observaban gritando.

—Juegan, ya se lo he dicho —repitió la cuñada volviendo a cerrar la puerta. Luego, guiñando un ojo cómplice—: Son niños, ¿qué quiere? Es una pena que no esté Chantal. Me gustaría tanto que los conociera.

El ruido en la habitación de al lado se ha convertido en griterío, y Jean-Marc ha perdido las ganas de calmar a los niños. Ve ante él a una Chantal, en medio del corro familiar, meciendo en sus brazos a un hombre bajito al que llama «ratita». A esa imagen va a unirse otra: Chantal guardando celosamente las cartas de un admirador desconocido para no cortar por lo sano una promesa de aventuras. Esa Chantal no se le parece; esa Chantal no es aquella a quien ama; esa Chantal es un simulacro. Le invade un extraño impulso destructor y se regodea con el jaleo que

122

arman los niños. Desea que destruyan la habitación, que destruyan todo ese pequeño mundo
que amaba y que ha pasado a ser un simulacro.

—Mi hermano —seguía entretanto la cuñada—
era demasiado enclenque para ella, ya me entiende, enclenque... —se ríe— en todos los senti-
dos. Ya me entiende, ya me entiende, ¿no? —Y
sigue riendo—. Por cierto, ¿puedo darle un consejo?

—Si usted quiere.

—¡Un consejo muy íntimo!

Acercó su boca a él y le contó algo, pero, al
rozar la oreja de Jean-Marc, sus labios emitieron
un sonido que hicieron inaudibles las palabras.
Se alejó y rió:

—¿Qué me dice?

Él no había entendido nada pero también se
rió.

—¡Conque le ha hecho gracia! —dijo la cuñada, y añadió—: Podría contarle un montón de
cosas por el estilo. Sabe usted, no había secretos
entre nosotras. Si tiene algún problema con ella,
dígamelo, ¡puedo darle buenos consejos! —Se
ríe—. ¡Sé cómo domarla!

Y Jean-Marc piensa: Chantal siempre había
hablado con hostilidad de su familia política.
¿Cómo podía la cuñada manifestar por ella una

simpatía tan franca? ¿Qué querrá decir exactamente, pues, el que Chantal los hubiera odiado? ¿Cómo se puede al mismo tiempo odiar algo y adaptarse con tanta facilidad a lo que se odia?

En la habitación de al lado los niños arrasan, y la cuñada, con un gesto dirigido a ellos, sonríe:

—¡Veo que no le molesta! Usted es como yo. ¿Sabe?, no soy una mujer muy ordenada, me gusta que haya movimiento, que las cosas den mil vueltas, que la gente cante, en fin, ¡que amo la vida!

Sobre el ruido de fondo de los gritos infantiles, prosiguen sus pensamientos: ¿será realmente tan admirable la facilidad con la que Chantal sabe adaptarse a lo que odia? ¿Será realmente un triunfo tener dos caras? Él se había recreado con la idea de que, entre la gente del mundo de la publicidad, ella es como un intruso, un espía, un enemigo enmascarado, un terrorista potencial. Pero no es un terrorista, es más bien, y aquí debe recurrir a la terminología política, un colaboracionista. Un colaboracionista al servicio de un poder detestable con el que no se identifica, que trabaja para él aunque permanece ajeno a él y que, un día, ante sus jueces, alegará en su defensa que tenía dos caras.

35

Chantal se detuvo en el umbral y, sorprendida, permaneció allí casi un minuto porque ni Jean-Marc ni su cuñada habían notado su presencia. Oía la voz estrepitosa que hacía tanto tiempo no había escuchado: «Usted es como yo. ¿Sabe?, no soy una persona muy ordenada, me gusta que haya movimiento, que las cosas den mil vueltas, que la gente cante, en fin, ¡que amo la vida!».

Por fin la mirada de la cuñada se detuvo sobre ella:

—Chantal, ¡vaya sorpresa!, ¿no? —exclamó y se precipitó para besarla. Chantal sintió en la comisura de los labios la humedad de la boca de su cuñada.

La irrupción de una niña rompió la incomodidad que había causado la aparición de Chantal.

—Ésta es nuestra Corinne —anunció la cuñada a Chantal; luego, dirigiéndose a la niña dice—: Saluda a tu tía. —Pero la niña no le hizo ningún caso a Chantal y anunció que quería hacer pipí. La cuñada, sin vacilar, como si ya conociera muy bien la casa, se dirigió con Corinne hacia el pasillo y desapareció en el baño.

—Dios mío —murmuró Chantal, aprovechando la ausencia de su cuñada—: ¿Cómo nos habrán encontrado?

Jean-Marc se alzó de hombros. Como la cuñada había dejado abiertas tanto la puerta del pasillo como la del baño, no podían decirse casi nada. Oían a la vez caer la orina en la taza y la voz de la cuñada que les informaba acerca de la familia y que sólo se interrumpía para dirigirse a la meona de su hija.

Chantal recordó: un día, durante unas vacaciones en la casa de campo, ella se había encerrado en el baño; de pronto alguien tiró del picaporte. Como odiaba sostener conversaciones a través de la puerta del baño, no contestó. Desde la otra punta de la casa alguien gritó para calmar al impaciente: «¡Está Chantal!». Pese a la información, el impaciente sacudió aún varias veces el picaporte como si quisiera protestar contra el mutismo de Chantal.

El ruido de la cisterna tomó el relevo del de la orina mientras Chantal sigue recordando la gran casa de campo de hormigón, invadida de sonidos que nadie sabía de dónde provenían. Se había acostumbrado a oír los suspiros de su cu-

126

ñada durante el coito (sus inútiles sonidos querían seguramente ser una provocación, no tanto sexual como moral: el rechazo manifiesto de cualquier secreto); un día, le llegaron de nuevo los suspiros del amor, pero al cabo de un tiempo comprendió que se trataba de la respiración y los gemidos de una abuela asmática al otro lado de la casa sonora.

La cuñada volvió al salón.

—Ya está, vete —le dijo a Corinne, quien corrió a la habitación de al lado para reunirse con los demás niños. Luego se dirigió a Jean-Marc—: No le reprocho a Chantal que haya dejado a mi hermano. Hubiera podido tal vez dejarlo incluso antes. Pero le reprocho que nos haya olvidado. —Y volviéndose hacia Chantal—: ¡Representamos, pese a todo, gran parte de tu vida! No puedes negarlo, Chantal, no puedes borrarnos, ¡no puedes cambiar tu pasado! Tu pasado es el que es. No puedes negar que fuiste feliz con nosotros. ¡He venido a decirle a tu nuevo compañero que los dos seréis bienvenidos en mi casa!

Chantal la escuchaba mientras se decía que había vivido el suficiente tiempo con esa familia sin manifestar su alteridad como para que su cuñada, con toda (o casi toda) la razón, se sintiera contrariada de que, después de su divorcio, rompiera todo vínculo con ellos. ¿Por qué había sido tan amable y condescendiente durante los años de matrimonio? No sabía ella misma cómo nombrar aquella actitud. ¿Docilidad? ¿Hipocresía? ¿Indiferencia? ¿Disciplina?

Mientras vivió su hijo, estaba dispuesta a aceptar aquella vida en colectividad, bajo una constante vigilancia, con la suciedad colectiva, con el nudismo casi obligatorio alrededor de la piscina, con la inocente promiscuidad que le permitía saber, gracias a sutiles huellas para despistar, quién había pasado por el cuarto de baño antes que ella. ¿Le gustaba aquello? No, le asqueaba, pero se trataba de un asco suave, silencioso, no combativo, resignado, casi apacible, algo burlón, nunca rebelde. Si su hijo no hubiera muerto, habría vivido así hasta el final de sus días.

En la habitación la algarabía iba en aumento. La cuñada gritó: «¡Silencio!», pero su voz, más alegre que enfadada, no parecía querer calmar los aullidos, sino más bien sumarse al alboroto.

Chantal pierde la paciencia y entra en su habitación. Los niños han trepado a los sillones, pero ella ni los ve; atónita, mira el armario; la puerta está abierta de par en par; y delante, esparcidos por el suelo, sus sostenes, sus bragas y, entre ellos, sus cartas. Sólo poco después se da cuenta de que la mayor de las niñas se ha atado un sostén a la cabeza de manera que las cazuelas destinadas a los pechos se empinan sobre su cabello como el casco de un cosaco.

—¡Mírenla! —La cuñada se ríe con una mano amistosamente apoyada en el hombro de Jean-Marc—. ¡Miren, miren, se ha disfrazado!

Chantal ve las cartas en el suelo. Siente cómo le sube la ira a la cabeza. Hace apenas una hora había salido del consultorio del grafólogo donde la habían tratado con desprecio y, con el cuerpo en llamas, no había podido hacerles frente. Ahora está harta de sentirse culpable: aquellas cartas ya no representan para ella algún ridículo secreto del que debiera avergonzarse; simbolizan ahora ya la falsedad de Jean-Marc, su maldad, su traición.

La cuñada se percató de la glacial reacción de Chantal. Sin dejar de hablar y reírse, se inclinó sobre la niña, le quitó el sostén de la cabeza y se agachó para recoger la ropa interior.

—No, no, te lo ruego, déjalo —dijo Chantal en tono firme.

—Como quieras, como quieras, sólo quería ayudar.

—Lo sé —dijo Chantal mirando a su cuñada,

que volvió a apoyarse en el hombro de Jean-Marc.

De pronto, a Chantal le parece que se acoplan bien el uno al otro, que forman una pareja perfecta, una pareja de vigilantes, una pareja de espías. No, no tiene la mínima intención de cerrar la puerta del armario. La deja abierta como prueba de su rapiña. Se dice: esta casa es mía, y siento un enorme deseo de estar sola en ella; de estar en ella soberbia y soberanamente sola. Y lo dice en voz alta:

—Esta casa es mía y nadie tiene derecho a abrir mis armarios y remover mi ropa. Nadie. Y digo bien: nadie.

Esta última palabra iba destinada mucho más a Jean-Marc que a su cuñada. Pero, para no revelar nada ante la intrusa, enseguida se dirigió exclusivamente a ella:

—Te ruego que te vayas.

—Nadie ha removido tu ropa —dijo la cuñada a la defensiva.

Por toda respuesta Chantal hizo un movimiento con la cabeza en dirección al armario abierto, con la ropa y las cartas esparcidas por el suelo.

—¡Dios mío, pero si han sido los niños jugando! —dijo la cuñada, y los niños, como si sin-

tieran vibrar la ira en el aire, callaban con su con-
sabido sentido de la diplomacia.

—Te lo ruego —repitió Chantal señalándole la
puerta.

Uno de los niños llevaba en la mano una
manzana que había birlado de una fuente de la
mesa.

—Devuelve la manzana a donde estaba —le
dijo Chantal.

—¡Debo de estar soñando! —gritó la cuñada.

—Devuelve la manzana. ¿Quién te ha dado
permiso?

—¿Le niegas una manzana a un niño?, ¡debo
de estar soñando!

El niño devolvió la manzana a la fuente, la
cuñada tomó al niño por la mano, los otros dos
se unieron a ellos y se marcharon.

36

A solas con Jean-Marc, Chantal no ve diferencia alguna entre él y los que acaban de marcharse.

—Casi había olvidado —dijo— que compré hace tiempo esta casa para ser por fin libre, para que nadie me espiara, para poder ordenar mis cosas donde quisiera y para estar segura de que se quedan en el sitio donde las he ordenado.

—Ya te he dicho en alguna ocasión que mi lugar está al lado de aquel mendigo y no a tu lado. Estoy al margen del mundo. Tú, en cambio, te has colocado en el centro.

—Y tú te has instalado en una marginalidad muy cómoda que, además, no te cuesta un centavo.

—Siempre estaré dispuesto a abandonar esa cómoda marginalidad. Tú, en cambio, jamás renunciarás a esa ciudadela de conformismo en la que te has asentado con tus múltiples caras.

37

Un minuto antes, Jean-Marc hubiera querido explicar las cosas, confesar su mistificación, pero aquel intercambio de palabras ha hecho que cualquier diálogo sea imposible. Ya no tiene nada que decir, porque es cierto que aquella casa es de ella y no suya; ella le ha dicho que él se había instalado en una marginalidad muy cómoda y que, además, no le costaba un centavo, y es verdad: gana una quinta parte de lo que gana ella, y toda la relación de los dos está cimentada sobre el acuerdo tácito de que nunca hablarían de aquella desigualdad.

Permanecían los dos de pie, cara a cara, separados por una mesa. Chantal sacó un sobre de su bolso, lo abrió y desplegó la carta que él acababa de escribirle hacía apenas una hora. No sólo no se ocultó en absoluto, sino que incluso se exhibió. Imperturbable, le leyó en voz alta la carta que había tenido la intención de mantener en secreto. Luego la devolvió al bolso, lanzó a Jean-Marc una mirada casi indiferente y, sin decir palabra, se fue a su habitación.

Él vuelve a pensar en lo que ella ha dicho: «Nadie tiene derecho a abrir mis armarios y remover mi ropa». De modo que había entendido, Dios sabe cómo, que él conoce la existencia de aquellas cartas y también dónde las oculta. Ella quiere demostrarle que lo sabe y que le da igual. Que ha decidido vivir a su aire, sin hacerle caso. Que, a partir de ahora, está dispuesta a leerle en voz alta las cartas de amor escritas por él. Con esa indiferencia se anticipa a la ausencia de Jean-

Marc. Para ella, él ya no está allí. Ya lo ha desalojado.

Chantal permaneció largo tiempo en su habitación. Jean-Marc oía la furiosa voz del aspirador restableciendo el orden después del follón que habían armado los intrusos. Luego ella fue a la cocina. Diez minutos después, lo llamó. Se sentaron a la mesa para una frugal comida fría. Por primera vez en su vida en común no pronunciaron ni una palabra. Masticaban a toda velocidad una comida de la que ni sentían el gusto. Y otra vez ella se retiró a su habitación. Sin saber qué hacer (incapaz de hacer nada), él se puso el pijama y se acostó en la amplia cama en la que solían estar juntos. Pero aquella noche ella no salió de su habitación. Pasaba el tiempo, y él era incapaz de conciliar el sueño. Por fin, se levantó y pegó la oreja a la puerta. La oyó respirar con regularidad. Aquel sueño tranquilo, aquella facilidad con la que se había dormido le torturaban. Permaneció así mucho tiempo, con la oreja pegada a la puerta, y se dijo que ella era mucho menos vulnerable de lo que había creído. Y que, tal vez, se había equivocado cuando la tomó por la más débil y a sí mismo por el más fuerte.

Así pues, ¿quién es el más fuerte? Cuando los dos pisaban el terreno del amor, tal vez él lo

134

fuera realmente. Pero, una vez que el terreno del amor se ha hundido bajo sus pies, ella es la más fuerte y él el débil.

38

En su cama estrecha, Chantal no dormía tan bien como él creía; era un dormir cien veces interrumpido y poblado de sueños desagradables y deshilvanados, absurdos, insignificantes y penosamente eróticos. Cada vez que se despierta de este tipo de sueños se siente incómoda. Éste es, piensa, uno de los secretos de la vida de las mujeres, de cada una de las mujeres, esa promiscuidad nocturna que convierte en sospechosa cualquier promesa de fidelidad, cualquier pureza, cualquier inocencia. En nuestro siglo ya nadie tiene reparos, pero Chantal se complace en imaginar a la princesa de Clèves, o a la casta Teresa de Ávila, o a la Madre Teresa, quien, aún hace poco, recorría sudorosa el mundo con sus buenas obras, saliendo de sus noches como de una cloaca de vicios inconfesables, improbables, imbéciles, para volver a ser, de día, virginales y virtuosas. Así ha sido su noche: se ha despertado varias veces, siempre después de extrañas orgías con hombres que ella no conocía y que le repugnaban.

De buena mañana, para no caer otra vez en aquellos hoscos placeres, se vistió y ordenó en una pequeña maleta algunos enseres necesarios para un corto viaje. Cuando ya estaba a punto de salir, ve a Jean-Marc en pijama en la puerta de su habitación.

—¿Adónde vas? —preguntó él.

—A Londres.

—¿A hacer qué en Londres? ¿Por qué Londres?

Ella dijo pausadamente:

—Tú sabrás por qué a Londres.

Jean-Marc se ruborizó.

Y ella repitió:

—Tú sabrás, ¿no? —Y le miró a la cara.

¡Qué triunfo el suyo al ver que esta vez era él quien se ponía rojo! Con las mejillas ardiendo, él dijo:

—No, no sé por qué a Londres.

Chantal no se cansaba de verle ruborizarse.

—Tenemos una convención en Londres —dijo—. Lo supe ayer noche. Comprenderás que no tuve ni la ocasión ni las ganas de decírtelo.

Estaba segura de que él no podía creerla y se alegraba de que su mentira fuera tan descarnada, tan impúdica, tan insolente, tan hostil.

—He llamado un taxi. Tengo que bajar. Llegará de un momento a otro.

Le sonrió como cuando se sonríe a modo de saludo o despedida. Y, en el último momento, como si no fuera su intención, como si se le escapara un gesto, puso su mano derecha en la mejilla de Jean-Marc; aquel gesto fue corto, no duró más de uno o dos segundos, luego ella le dio la espalda y salió.

39

Jean-Marc siente en la mejilla el contacto de su mano, más exactamente el contacto de la yema de tres dedos, y es una huella fría, como después de tocar una rana. Sus caricias eran siempre lentas, apacibles, como si quisieran alargar el tiempo. En cambio, aquellos tres dedos fugitivos en su mejilla no eran una caricia, sino una llamada. Como alguien que, atrapado en una tormenta por una ola que lo arrastra, no dispone más que de un gesto fugaz para decir: «¡Recuerda que estuve ahí! ¡Que he pasado por ahí! Pase lo que pase, ¡no me olvides!».

Se viste como un autómata y piensa en lo que han hablado acerca de Londres: «¿Por qué a Londres?», había preguntado él y ella le había respondido: «Tú sabrás por qué a Londres». En clara alusión a su última carta. Ese «tú sabrás» quería decir: conoces la existencia de la carta. Pero sólo ella y su remitente podían conocer la existencia de esa carta, que acababa de recoger en el buzón. Dicho de otra manera, Chantal había arrancado la máscara del pobre Cyrano y quiso decirle: Tú mismo me has invitado a ir a Londres, y te obedezco.

Pero, si ella ha adivinado (Dios mío, pero Dios mío, ¿cómo ha podido adivinarlo?) que él era el autor de las cartas, ¿por qué se lo habrá tomado tan mal? ¿Por qué es tan cruel? Si lo ha adivinado todo, ¿por qué no ha adivinado también los motivos de su engaño? ¿De qué es sospechoso? Detrás de todas esas preguntas, no tiene sino una certeza: él no la entiende. Ella, por su parte, tampoco ha entendido nada. Sus reflexiones han tomado direcciones opuestas y le parece que ya no volverán a encontrarse.

El dolor que siente no pretende ser aplacado,

muy al contrario, remueve el cuchillo en la llaga y lo lleva como se lleva una injusticia, a la vista de todos. No tiene la paciencia de esperar a que vuelva Chantal para explicarle el malentendido. En su fuero interno, sabe muy bien que ésta sería la única actitud razonable, pero el dolor no quiere atender a razones, tiene la suya propia, que no es razonable. Lo que quiere su razón no razonable es que, a su regreso, Chantal encuentre la casa vacía, sin él, tal como lo proclamó, para poder vivir sola, sin ser espiada. Mete en su bolsillo unos billetes, todo el dinero que tiene, y duda un momento si debe o no llevarse sus llaves. Termina por dejarlas sobre una mesilla en la entrada. Cuando ella las vea, comprenderá que él ya no volverá. Tan sólo quedarán ahí como recuerdo unas cuantas chaquetas y camisas en un armario y unos cuantos libros en la biblioteca.

Sale sin saber qué hará. Lo importante es dejar aquella casa que ya no es la suya. Dejarla antes de decidir adónde irá después. Tan sólo al llegar a la calle se permite pensar qué hará.

Pero, una vez abajo, siente la extraña sensación de encontrarse fuera de lo real. Tiene que detenerse en la acera para poder reflexionar. ¿Adónde ir? Tiene en la cabeza varias ideas disparatadas: al Périgord, donde vive parte de su familia de campesinos, que siempre lo acoge con satisfacción; a cualquier hotelucho de París. Mientras reflexiona, un taxi se detiene en un semáforo. Le hace una seña.

40

Por supuesto, en la calle no la esperaba ningún taxi, y Chantal no tenía ni idea de adónde ir. Su decisión había sido totalmente improvisada, provocada por un aturdimiento que era incapaz de controlar. En aquel momento sólo deseaba una cosa: no verle al menos durante un día y una noche. Pensó en ir a un hotel allí mismo, en París, pero la idea le pareció enseguida muy tonta: ¿qué haría durante el día? ¿Pasearse por calles que apestan? ¿Encerrarse en una habitación de hotel? ¿Para hacer qué? Luego se le ocurre ir en coche al campo, al azar, encontrar un lugar tranquilo y quedarse allí uno o dos días. Pero ¿dónde?

Sin saber muy bien cómo, se encontró en una parada de autobús. Tuvo ganas de subirse al primero que pasara y dejarse llevar hasta el final.

Un autobús se detuvo y le sorprendió ver que un letrero señalaba, entre otras paradas, la de la Gare du Nord. De ahí salen los trenes para Londres.

Tiene la impresión de ser guiada por una conspiración de coincidencias y se le antoja que se trata de un hada madrina que ha venido en su ayuda. Londres: cuando había dicho a Jean-Marc que iría allá era tan sólo para que él supiera que lo había desenmascarado. Ahora, le sobreviene una idea: tal vez Jean-Marc se tomara en serio lo de Londres y tal vez vaya a buscarla a la estación. Otra idea, más tenue, más audible, como la voz de un pajarito, viene a encadenarse a ésta: si Jean-Marc está realmente allí, ese curioso malentendido llegará a su fin. Esta idea es como una caricia, pero una caricia demasiado corta porque, al instante, Chantal se subleva de nuevo contra él y rechaza cualquier atisbo de nostalgia.

Así pues, ¿adónde irá y qué hará? ¿Y si fuera realmente a Londres? ¿Si dejara que su mentira se materializara? Se acuerda de que en su agenda conserva la dirección de Británicus. Británicus: ¿qué edad tendrá? Sabe que un reencuentro con él es lo menos probable del mundo. ¿Entonces? Pues mejor. Llegará a Londres, paseará, se quedará a dormir en un hotel y, mañana, volverá a París.

Al rato esa idea no le satisface: al dejar atrás su casa, creía que reencontraría su independencia y, en realidad, se deja manipular por una fuerza desconocida e incontrolada. La decisión de irse a Londres, que le han soplado descabelladas casualidades, es una locura. ¿Por qué creer que esa conspiración de coincidencias trabaja en su favor? ¿Por qué tomarla por un hada madrina? ¿Y si el hada fuera maléfica y conspirara para llevarla a la perdición? Se promete a sí misma: cuando el autobús llegue a la Gare du Nord, no se moverá de su asiento; seguirá hasta el final del trayecto.

Pero, cuando el autobús se detiene, se sorprende a sí misma apeándose. Y, como si algo la aspirara, se dirige hacia la estación.

Ve en el inmenso vestíbulo la escalinata de mármol que conduce hacia la sala de espera de los pasajeros con destino a Londres. Quiere mirar el horario, pero, antes de poder hacerlo, oye entre risas su nombre. Se detiene y descubre a sus compañeros de trabajo agrupados al pie de la escalinata. Cuando entienden que ella los ha localizado, sus risas se vuelven aún más fuertes. Son como colegiales que hubieran tramado con éxito una gran broma, un soberbio número de magia.

142

—¡Ahora sabemos qué hay que hacer para que vengas con nosotros! Si hubieras sabido que estábamos aquí, ¡hubieras inventado como siempre una excusa! ¡Con lo individualista que eres! —Y, de nuevo, se echan a reír.

Chantal sabía que Leroy planeaba una convención en Londres, pero estaba prevista para dentro de tres semanas. ¿Cómo es que se encuentran hoy allí? Una vez más, tiene el extraño sentimiento de que lo que ocurre no es real, de que no puede ser verdad. Pero otro asombro toma inmediatamente el relevo del anterior: contrariamente a todo lo que ella podría suponer, se siente sinceramente feliz de la presencia de sus compañeros, agradecida por que le hubieran preparado esta sorpresa.

Al subir la escalinata, una joven compañera la toma por el brazo, y Chantal se dijo que Jean-Marc no hacía sino arrebatarla en todo momento de la vida que habría tenido que ser la suya. Le oye decir: «Te has colocado en el centro». Y aún: «Te has asentado en una fortaleza de conformismo». Chantal contesta ahora: Sí. ¡Y de ahí no me sacarás!

Entre la multitud de viajeros, su joven compañera, siempre del brazo, la conduce hacia el control de policía situado ante otra escalinata que

143

baja hacia los andenes. Como embriagada, continúa con su muda discusión con Jean-Marc y le suelta: ¿Qué juez habrá decidido que el conformismo está mal y el no conformismo está bien? ¿Acaso conformarse no es acercarse a los demás? ¿Acaso no es el conformismo ese gran punto de encuentro al que todos convergen, en el que la vida es más densa, más ardiente?

Desde lo alto de la escalinata ve el tren de Londres, moderno y elegante, y añade aún: Ya sea una suerte o una desgracia haber nacido en esta tierra, la mejor manera de pasar la vida es dejarse llevar, como yo en este momento, por una multitud alegre y ruidosa que avanza.

41

Una vez en el taxi, él dijo: «¡A la Gare du Nord!» y aquél fue el momento de la verdad: puede dejar la casa, puede arrojar las llaves al Sena, puede dormir en la calle, pero no tiene fuerzas para alejarse de ella. Ir tras ella a la estación es un gesto de desesperación, pero el tren de Londres es el único indicio, el único que ella le ha dejado, y Jean-Marc todavía no está en condiciones de desatenderlo, por ínfima que sea la probabilidad que le señale el camino adecuado.

Al llegar a la estación, el tren de Londres estaba allí. Sube la escalinata de cuatro en cuatro y compra su billete; la mayoría de los viajeros ya había pasado; bajó el último al andén, que estaba estrictamente vigilado; a lo largo del tren se paseaban unos policías con pastores alemanes amaestrados para detectar explosivos; subió a su vagón lleno de japoneses con sus máquinas de fotos colgadas del cuello; encontró su lugar y se sentó.

Entonces fue cuando le saltó a la vista su comportamiento absurdo. Se encuentra en un tren en el que, con toda probabilidad, no está la persona a quien busca. Dentro de tres horas, estará en Londres sin saber por qué y con lo justo para pagar el viaje de vuelta. Desamparado, se levantó y salió al andén con la vaga tentación de volver a casa. Pero ¿cómo entrar sin llaves? Las había dejado encima de la mesilla de la entrada. De nuevo lúcido, sabe ahora que este gesto no era sino una farsa sentimental que había representado para sí mismo, ya que la portera tiene una copia de la llave y que naturalmente se la daría. Dudoso aún, miró hacia el fondo del andén y vio que todas las salidas estaban cerradas. Paró a un policía y le preguntó cómo podía salir de allí; el policía le explicó que ya era imposible; por razones de seguridad, cuando se sube a ese tren ya no se puede salir; los pasajeros deben permanecer en su sitio para garantizar con su vida que no han colocado ninguna bomba; son muchos los terroristas islámicos e irlandeses que sueñan con una masacre en el túnel submarino.

Volvió a subir, una revisora le sonrió, todo el personal sonrió y él se dijo: Con múltiples y forzadas sonrisas, así es como acompañan este cohete arrojado al túnel de la muerte, este cohete donde los guerreros del aburrimiento, turistas norteamericanos, alemanes, españoles, coreanos, se disponen a arriesgar su vida para el gran combate. Se sentó y, en cuanto se movió el tren, dejó su asiento y salió en busca de Chantal.

Entró en un vagón de primera. A un lado del pasillo había asientos para una sola persona, al otro, para dos; en medio del vagón, los asientos estaban enfrentados de modo que los viajeros iban conversando ruidosamente. Chantal se encontraba entre ellos. La veía de espaldas: reconocía la forma infinitamente conmovedora y casi graciosa de su cabeza con el moño anticuado. Sentada junto a la ventanilla, participaba en la conversación, que era animada; sólo podían ser sus compañeros de trabajo; así pues, ¿no había mentido? Por improbable que pareciera, no, seguro que no había mentido.

Permanecía inmóvil; oía muchas risas entre las que distinguía la de Chantal. Estaba alegre. Sí, ella estaba alegre y eso le dolía. Miraba sus gestos llenos de una vivacidad que él desconocía. No oía lo que decía, pero veía su mano que se alzaba y volvía a caer con energía; le fue imposible reconocer esa mano; era la mano de otra persona; no tenía la impresión de que Chantal le traicionara, era otra cosa: le parecía que ella ya no existía para él, que se había ido a otra parte, a otra vida, en la que, si se la encontraba, no la reconocería.

42

Chantal dijo en un tono desafiante:

—¿Cómo ha podido un trotskista convertirse en creyente? ¿Cuál es la lógica?

—Querida amiga, usted conocerá la famosa consigna de Marx: cambiar el mundo.

—Naturalmente.

Chantal estaba sentada cerca de la ventanilla, frente a la mayor de sus compañeros de trabajo, la señora distinguida con los dedos cubiertos de anillos; al lado de la señora, Leroy prosiguió:

—Ahora bien, nuestro siglo nos ha hecho comprender algo enorme: el hombre no es capaz de cambiar el mundo y nunca lo cambiará. Es la conclusión fundamental de mi experiencia de revolucionario. Conclusión, por otra parte, aceptada tácitamente por todo el mundo. Pero hay otra que va más lejos: el hombre no tiene derecho a cambiar lo que Dios ha creado. Hay que ir hasta el final de esta prohibición.

Chantal lo miraba con deleite: él no hablaba como alguien que impartiera una clase, sino como un provocador. Es lo que Chantal aprecia en él: ese tono seco que convierte en provocación todo lo que hace, según la sagrada tradición de los revolucionarios o de los vanguardistas; nunca olvida *épater le bourgeois,* incluso cuando dice las verdades más convencionales. Por otra parte, ¿acaso las más provocadoras verdades («¡burgueses al paredón!») no pasan a ser las más convencionales cuando llegan al poder? Lo convencional puede, en cualquier momento, pasar a ser provocación y la provocación, a ser convencional. Lo que importa es la voluntad de ir hasta el final de cualquier actitud. Chantal imagina a Leroy en las tumultuosas reuniones de la rebelión estudiantil de 1968, repartiendo, a su modo inteligente, lógico y seco, las consignas contra las que toda resistencia del sentido común estaba condenada al fracaso: la burguesía no tiene derecho a la vida; el arte que la clase obrera no entiende debe desaparecer; la ciencia al servicio de los intereses de la burguesía carece de valor; fuera con los enseñantes; no hay libertad para los enemigos de la libertad. Cuanto más absurda era la frase que pronunciaba, más orgulloso de ella se sentía, porque sólo una gran inteligencia es capaz de insuflar un sentido lógico a ideas insensatas.

Chantal contestó:

—De acuerdo, yo también pienso que todos los cambios son nefastos. En tal caso, sería nuestro deber proteger al mundo contra los cambios. Por desgracia, el mundo no sabe detener la loca carrera de sus transformaciones...

—... de la que, no obstante, el hombre no es sino un instrumento —la interrumpió Leroy—. La invención de una locomotora contiene ya el germen del plano de un avión que, indefectiblemente, conduce al cohete espacial. Esta lógica va implícita en las cosas; dicho de otro modo, forma parte del proyecto divino. Podrá usted intercambiar por otra la humanidad en su totalidad, pero la evolución que conduce de la rueda al cohete permanecerá intacta. El hombre no es el autor de esta evolución, sólo su ejecutor. E incluso un pobre ejecutor, porque desconoce el sentido de lo que ejecuta. Ese sentido no nos pertenece, pertenece a Dios, y no estamos aquí sino para obedecerle, para que él pueda hacer lo que le da la gana.

Chantal cierra los ojos: la dulce palabra «promiscuidad» se le cruzó por la cabeza y se apoderó de ella; pronunció silenciosamente para sí misma: «promiscuidad de las ideas». ¿Cómo podían actitudes tan contradictorias ir relevándose en una única cabeza como dos amantes en una misma cama? Antes, eso la indignaba, pero ahora le encanta: porque sabe que la oposición entre lo que Leroy decía entonces y lo que hoy profesa no tiene ninguna importancia. Porque todas las ideas son equivalentes. Porque todas las afirmaciones y opiniones comprometidas tienen el mismo valor, pueden rozarse, cruzarse, acariciarse, confundirse, sobarse, tocarse, copular.

Una voz suave y ligeramente temblorosa se alzó delante de Chantal:

150

—En tal caso, ¿por qué estamos aquí? ¿Por qué vivimos?

Era la voz de la señora distinguida sentada al lado de Leroy, a quien adora. Chantal imagina que Leroy está ahora rodeado de dos mujeres entre las que tendrá que elegir: una señora romántica y otra cínica; Chantal oye la vocecita suplicante que se niega a renunciar a sus hermosas creencias, pero que (según la fantasía de Chantal) las defiende con el deseo inconfesado de que su demoniaco héroe, quien en aquel momento se vuelve hacia ella, se las desmonte:

—¿Por qué vivimos? Pues para abastecer a Dios de carne humana. Porque la Biblia, mi querida señora, no nos pide que le busquemos un sentido a la vida. Nos pide que procreemos. Amad y multiplicaos. Compréndame bien: el sentido de ese «amad» queda determinado por ese «multiplicaos». Ese «amad» no significa en absoluto amor caritativo, piadoso, espiritual o pasional, sino que quiere decir simplemente: «¡haced el amor!», «¡copulad!»... —suaviza la voz y se inclina hacia ella— ...«¡follad!». —Como un discípulo adepto, la señora lo mira dócilmente a los ojos—. En eso, y nada más que en eso, consiste el sentido de la vida humana. Todo lo demás son tonterías.

El razonamiento de Leroy corta como una hoja de afeitar, y Chantal está de acuerdo: el amor como exaltación de dos individuos, el amor como fidelidad, como apasionado apego a una única persona, no, eso no existe. Y, si existe, sólo es como autocastigo, ceguera voluntaria, reclusión en un monasterio. Se dice que, incluso si existe, el amor no debería existir, y esta idea no la amarga; por el contrario, siente una felicidad que se extiende por todo el cuerpo. Recuerda la metáfora de la rosa que atraviesa a todos los hombres y se dice que ha estado viviendo en una reclusión amorosa y que ahora se dispone a obedecer al mito de la rosa y a confundirse con su embriagador perfume. En este punto de sus reflexiones se acuerda de Jean-Marc. ¿Se habrá quedado en casa? ¿Habrá salido? Se hace esas preguntas sin emoción alguna: como si se preguntara si llueve en Roma o si hace buen tiempo en Nueva York.

Sin embargo, por indiferente que le fuera, el recuerdo de Jean-Marc le ha hecho volver la cabeza. En el fondo del vagón, ha visto a una persona volverse de espalda y pasar al vagón siguiente. ¿Habrá sido realmente él? En lugar de buscar una respuesta, miraba por la ventanilla: el paisaje era cada vez más feo, los campos cada vez más grises y los valles cada vez más invadidos de torres metálicas, construcciones de hormigón y cables. Una voz anunció por el altavoz que el tren, en los próximos segundos, bajaría hacia el mar. Efectivamente, vio un agujero redondo y negro en el que, como una serpiente, se deslizaría el tren.

43

—Bajamos —dijo la señora distinguida, y su voz traicionó una temerosa excitación.

—Al infierno —añadió Chantal, que suponía que lo que quería Leroy era que la señora se pusiera aún más cándida, aún más sorprendida, aún más temerosa.

Ahora se sentía su diabólica asistente. Disfrutaba con la idea de llevar a aquella dama distinguida y púdica a la cama de Leroy, que no imaginaba en un lujoso hotel de Londres, sino encima de una tarima rodeada de antorchas, gemidos, humos y diablos.

Ya no había nada que ver por la ventanilla, el tren iba por el túnel y ella tenía la impresión de alejarse de su cuñada, de Jean-Marc, de toda vigilancia, de todo espionaje, alejarse de su vida, de esa vida suya que llevaba pegada, que le pesaba; le vinieron a la mente unas palabras: «perdido de vista», y se sorprendió de que el viaje hacia la desaparición no fuera desabrido, sino, por el contrario, bajo la égida de su mitológica rosa, llevadero y alegre.

—Bajamos cada vez más hacia las profundidades —dijo ansiosa la señora.

—Allí donde se halla la verdad —dijo Chantal.

—Allí donde —ponderó Leroy— se encuentra la respuesta a su pregunta: ¿por qué vivimos? ¿Qué es lo esencial en la vida? —Y mirándola fijamente—: Lo esencial en la vida es perpetuar la vida: es alumbrar, y lo que le precede, el coito, y lo que precede al coito, o sea los besos, el cabello al viento, las bragas, los sostenes con estilo y todo lo que predispone al coito, las grandes comilonas, no la gran cocina, esa cosa superflua que ya nadie aprecia, y, después, defecar, porque, usted conocerá de sobra, mi querida señora, mi adorada y hermosa señora, el lugar destacado que ocupan en nuestra profesión el papel higiénico y los pañales. Papel higiénico, pañales, coladas, comilonas. Es el sagrado círculo del hombre, y nuestra misión consiste no sólo en descubrirlo,

154

captarlo y delimitarlo, sino convertirlo en algo bello, transformarlo en cántico. Gracias a nuestra influencia, el papel higiénico es casi exclusivamente de color rosa; es un hecho altamente edificante que le recomiendo medite a fondo, mi querida y ansiosa señora.

—Pero entonces es la miseria, la miseria —dijo la señora, con la voz vibrante, como la queja de una mujer violada—, ¡es la miseria maquillada! ¡Somos los maquilladores de la miseria!

—Sí, exactamente —dijo Leroy, y Chantal entendió por ese «exactamente» el placer que le producía la queja de la señora distinguida.

—Pero, en tal caso, ¿dónde queda la grandeza de la vida? Si estamos condenados a las grandes comilonas, al coito, al papel higiénico, ¿quiénes somos? Y si sólo somos capaces de eso, ¿cómo sentirnos orgullosos de que seamos, como se nos dice, seres libres?

Chantal miró a la señora y pensó que era la víctima ideal de una gran juerga. Imaginó que la desvestían, que encadenaban su viejo y distinguido cuerpo y que le obligaban a repetir en voz alta sus ingenuas y plañideras verdades, mientras ante ella todo el mundo copulaba y se exhibía...

Leroy interrumpió las fantasías de Chantal:

—¿La libertad? Al vivir su miseria, puede ser

feliz o infeliz. Su libertad consiste precisamente en eso. Es usted libre de fundir su individualidad en la olla de la multitud con un sentimiento de euforia o de fracaso. Nuestra elección, mi querida señora, es la euforia.

Chantal sintió esbozarse en su rostro una sonrisa. Retuvo a conciencia lo que Leroy acababa de decir: nuestra única libertad consiste en elegir entre la amargura o el placer. Al ser la insignificancia nuestro destino, no debemos llevarla como una tara, sino saber disfrutar de ella. Miraba el rostro impasible de Leroy, que irradiaba una inteligencia a la vez encantadora y perversa. Lo miraba con simpatía, pero sin deseo, y se dijo (como si barriera con la mano su ensueño anterior) que desde hace tiempo él había transubstanciado toda su energía de varón en la fuerza de su lógica tajante, en aquella autoridad que ejercía sobre su colectivo de trabajo. Imaginó lo que ocurriría cuando bajaran del tren: mientras Leroy siguiera asustando con sus argumentos a la señora que le adora, ella desaparecería discretamente en una cabina telefónica para después escabullirse lejos de todos ellos.

44

Los japoneses, norteamericanos, españoles, rusos, todos con sus máquinas de fotos colgadas del cuello, salen del tren, mientras Jean-Marc intenta no perder de vista a Chantal. El largo aluvión humano se estrecha de pronto y desaparece debajo del andén por una escalera mecánica. Al pie de la escalera, en el vestíbulo, acuden hombres con cámaras, seguidos por una multitud de ociosos que le cortan el paso. Los pasajeros del tren se ven obligados a detenerse. Se oyen aplausos y gritos mientras unos niños bajan por una escalera lateral. Todos llevan un casco en la cabeza, cascos de distintos colores, como si se tratara de un equipo deportivo, pequeños motociclistas o esquiadores. Hacia ellos se dirigen las cámaras. Jean-Marc se pone de puntillas para entrever a Chantal por encima de las cabezas. Por fin, la ve. Está al otro lado de la columna de niños, en una cabina telefónica. Habla con el auricular pegado a la oreja. Jean-Marc se esfuerza por abrirse paso. Empuja a un cámara que, con rabia, le da un golpe con el pie. Jean-Marc le aparta con el codo y por poco le tira la cámara. Se acerca un policía que conmina a Jean-Marc a esperar a que terminen de filmar. En aquel instante, durante unos segundos, sus ojos encuentran la mirada de Chantal, que sale de la cabina. Se lanza otra vez para atravesar la multitud. El policía le tuerce el brazo con una llave tan dolorosa que Jean-Marc se ve obligado a doblarse en dos y pierde a Chantal de vista.

Sólo cuando ha pasado el último niño con casco el policía relaja la llave y lo suelta. Jean-Marc mira hacia la cabina telefónica, pero está vacía. Cerca de él se ha detenido un grupo de franceses; reconoce a los compañeros de trabajo de Chantal.

—¿Dónde está Chantal? —pregunta a una joven.

Ésta contesta en tono de reproche:

—¡Usted sabrá! ¡Estaba tan alegre! Pero, cuando salimos del tren, ¡desapareció!

Otra mujer, más gorda, se muestra irritada:

—Le he visto en el tren. Usted le hizo señas. Lo vi todo. Usted lo ha estropeado todo.

La voz de Leroy les interrumpe:

—¡Vámonos ya!

Una joven pregunta:

—¿Y Chantal?

—Este señor —dijo la dama distinguida con

los dedos cubiertos de anillos— también la está buscando.

Jean-Marc sabe que Leroy y él se conocen de vista. Dice:

—Buenos días.

—Buenos días —contesta Leroy, y le sonríe—, he visto cómo se peleaba. Uno contra todos.

Jean-Marc cree notar alguna simpatía en su voz. En el desamparo en que se encuentra es como una mano tendida a la que quiere asirse; es como una chispa que, por un segundo, le promete amistad; la amistad entre dos hombres que, sin conocerse, están dispuestos a ayudarse mutuamente sólo por el placer de una repentina simpatía. Es como si un viejo y hermoso sueño bajara sobre él. Confiado, le dice:

—¿Podría decirme el nombre del hotel al que van? Querría llamar para saber si Chantal también se alojará allí.

Leroy calla y luego pregunta:

—¿No se lo ha dicho?

—No.

—En tal caso, usted me perdonará —dijo amablemente, casi lamentándolo—, pero no puedo decírselo.

Una vez apagada, la chispa se extinguió y, de nuevo, Jean-Marc sintió el dolor en el hombro que le había dejado la llave del poli. Abandonado a su suerte, salió de la estación. Sin saber adónde ir, empezó a caminar sin rumbo por las calles.

Mientras camina, saca el dinero del bolsillo y, una vez más, cuenta los billetes. Tiene lo justo para el viaje de vuelta y nada más. Si se decide, puede volver enseguida. Esta noche estará en París. No cabe duda de que es la solución más razonable. ¿Qué hacer aquí? No hay nada que hacer. Sin embargo, no puede irse. Nunca decidirá irse. No puede abandonar Londres si Chantal está ahí.

Pero, como debe guardar el dinero para el viaje de vuelta, no puede ir a un hotel, no puede comer, ni siquiera un sándwich. ¿Dónde dormirá? Y, de pronto, sabe que aquello de lo que tantas veces ha hablado con Chantal se confirma por fin: es un marginado, un marginado que ha vivido muy cómodamente, es cierto, pero tan sólo gracias a circunstancias del todo inseguras y temporales. Ahí está repentinamente tal como es, de vuelta entre aquellos a quienes pertenece: entre los pobres que, por su abandono, no tienen un techo donde cobijarse.

Se acuerda de las conversaciones con Chantal y siente la necesidad infantil de tenerla ante sí para decirle: Por fin ya ves que tenía razón, que no era una farsa, que soy realmente quien soy, un marginado, un sin-techo, un vagabundo.

45

La noche había caído y la atmósfera se había enfriado. Tomó una calle flanqueada, a un lado, por una hilera de casas y, a otro, por una verja pintada de negro de un parque. Allí, en la acera que bordeaba el parque, había un banco de madera; se sentó. Se sintió muy cansado y tuvo ganas de estirar las piernas encima del asiento y recostarse. Pensó: Seguramente se empieza así. Un día estiras las piernas encima del asiento de un banco, luego cae la noche y te duermes. Así es como un día te encuentras en el bando de los vagabundos y te conviertes en uno de ellos.

Por eso controló el cansancio con todas sus fuerzas y permaneció sentado, muy erguido, como un buen alumno en clase. Detrás de él, árboles, y delante, al otro lado de la calzada, unas casas; eran todas iguales, blancas, con dos plantas, dos columnas en la entrada y cuatro ventanas por planta. Miraba atentamente a cada uno de los transeúntes de aquella calle poco frecuentada. Estaba decidido a esperar hasta que viera pasar a Chantal. Esperar era lo único que podía hacer por ella, por los dos.

De repente, a unos treinta metros a su derecha, se iluminan todas las ventanas de una de las casas y, en el interior, alguien corre unas cortinas rojas. Se dice a sí mismo que se habrán reunido allí para celebrar alguna fiesta mundana. Pero se asombra de no ver entrar a nadie; ¿habrán estado todos allí desde hace tiempo y acaban de encender las luces? Quién sabe si, tal vez, sin que se diera cuenta, se ha dormido y no los ha visto llegar. ¡Dios mío!, ¿y si mientras dormía se le hubiera escapado Chantal? De golpe, la idea de una sospechosa juerga lo fulmina; oye palabras: «Tú sabrás por qué a Londres»; y aquel «tú sabrás» se le aparece de pronto bajo otra luz: Londres, la ciudad del inglés, de Británicus, ¡de Británicus!; es a él a quien ella habrá llamado desde la estación y por él se habrá escabullido de Leroy, de sus compañeros, de todos ellos.

Los celos se apoderaron de él, enormes y dolorosos, no los celos abstractos, mentales, que sintió cuando, ante el armario abierto, él se hacía la pregunta del todo retórica de si Chantal era o

162

no capaz de traicionarle, sino los celos tal como los había vivido en su juventud, los celos que traspasan el cuerpo, que hieren, que son insoportables. Imagina a Chantal entregándose a otros, obediente y vencida, y ya no aguanta más. Se levanta y corre hacia la casa. La puerta, blanca, está iluminada por un farol. Gira el picaporte, la puerta se abre, entra, ve una escalera alfombrada de rojo, oye arriba ruido de voces, sube, llega al amplio rellano de la primera planta, ocupado a lo ancho por un largo perchero con abrigos, pero también (y de nuevo se le encogió el corazón) con vestidos de mujeres y algunas camisas de hombre. Lleno de rabia, atraviesa la hilera de ropa y, al llegar ante una gran puerta de dos hojas, blanca también, una mano pesada cae sobre su hombro dolorido. Se vuelve y siente sobre la mejilla el aliento de un hombre forzudo, en camiseta, con los brazos tatuados, que le habla en inglés.

Se esfuerza por desasirse de esa mano que le hace cada vez más daño y le empuja hacia la escalera. Allí, en el intento de resistir, pierde el equilibrio y sólo en el último momento consigue agarrarse a la baranda. Derrotado, baja lentamente la escalera. El tatuado le sigue y, cuando Jean-Marc, vacilante, se detiene ante la puerta, le

163

grita algo en inglés y, con el brazo levantado, le ordena que salga.

46

La imagen de una juerga acompañaba a Chantal desde hacía mucho tiempo, en sus sueños confusos, en su imaginería e incluso en sus conversaciones con Jean-Marc, quien un día (un día muy lejano) le había dicho: Me gustaría participar contigo en alguna juerga, pero con una condición: en el momento del goce cada uno de los participantes se convertirá en un animal, uno en cordero, el otro en vaca, el otro en cabra, de tal manera que la orgía dionisiaca se convierta en una pastoral en la que quedaríamos solos, rodeados de animales, como un pastor y una pastora. (Esta fantasía idílica le divertía: pobres juerguistas precipitándose hacia la casa del vicio ignorando que saldrán de ella convertidos en vacas.)

Chantal está rodeada de gente desnuda y es entonces cuando hubiera preferido los corderos a los humanos. Al no querer ver a nadie más, cierra los ojos: pero detrás de sus párpados sigue viéndolos, con sus órganos que se empinan y se encogen, grandes y delgados. Es como si estuviera en un terreno plagado de gusanos que se alzan, se encorvan, se retuercen y vuelven a caer. Luego ya no ve gusanos, sino serpientes; está asqueada, pero sigue excitada. Sólo que con esa excitación no le dan ganas de hacer el amor, sino al contrario, cuanto más se excita más asco le da su propia excitación pues le indica que su cuerpo ya no le pertenece a ella, sino a un terreno fangoso, a ese terreno plagado de gusanos y serpientes.

Abre los ojos: desde la sala de al lado se acerca una mujer, se detiene en el umbral de la gran puerta abierta y, como si quisiera arrancarla de ese tonto reino varonil, de ese reino de gusanos, fija en Chantal una mirada seductora. Es alta, con un cuerpo magnífico y el cabello rubio enmarcando un hermoso rostro. En el momento exacto en que Chantal está a punto de responder a su muda llamada, la rubia redondea los labios y suelta un hilo de saliva; Chantal ve esa boca como ampliada por una poderosa lupa: la saliva es blanca y llena de burbujas; la mujer expele y aspira esa espuma de saliva como si quisiera provocar a Chantal, como si quisiera prometerle besos tiernos y húmedos en los que se diluirían la una en la otra.

Chantal mira la saliva que aflora, que tiembla, que gotea sobre los labios, y el asco se convierte en náusea. Se vuelve para esquivarla discretamente. Pero, por detrás, la rubia la coge de la mano. Chantal se libera y da unos pasos para evadirse. Al sentir otra vez la mano de la rubia sobre su cuerpo, echa a correr. Oye la respiración de su perseguidora, quien, sin duda, ha tomado su huida por un juego erótico. Está atrapada: cuanto más se esfuerza por escapar, más excita a la rubia, que atrae a otros perseguidores que la hostigan como a una presa.

Se adentra en un pasillo y oye pasos a su espalda. Los cuerpos que la hostigan le repugnan hasta el punto de que el asco se convierte rápidamente en terror: corre como si tuviera que salvar su vida. El pasillo es largo y termina en una puerta abierta de par en par que se abre sobre una pequeña sala embaldosada con una puerta en un rincón; la abre y vuelve a cerrarla tras ella.

En la oscuridad, se apoya en una pared para recobrar aliento; luego tantea alrededor de la puerta y enciende la luz. Es un trastero: un aspirador, escobas, fregonas. Y, por el suelo, encima de un montón de trapos, aovillado como un balón, un perro. Al no oír voces en el exterior, se dice: Ha llegado la hora de los animales, y estoy a salvo. En voz alta le pregunta al perro: «¿Cuál de esos hombres eres?».

De pronto, lo que acaba de decirse la desconcierta. Dios mío, se pregunta, ¿de dónde me habrá venido la idea de que después de una juerga la gente se convierte en animales?

Es extraño: ya no sabe en absoluto de dónde le ha venido esa idea. Busca en su memoria y no encuentra nada. Siente tan sólo una dulce sensación que no le evoca ningún recuerdo concreto, una sensación enigmática, de una inexplicable felicidad, como una bendición que viene de lejos.

Brusca, brutalmente, se abre la puerta. Ha entrado una negra, es bajita y lleva una blusa verde. Lanza sobre Chantal una mirada exenta de sorpresa, una breve mirada de desprecio. Chantal se aparta para dejarla coger el aspirador.

Se ha acercado así al perro, que le enseña los colmillos y gruñe. Otra vez le invade el terror; sale.

47

Estaba en el pasillo con un único pensamiento: encontrar el rellano donde, en un perchero, había dejado su ropa. Pero las puertas que intentaba abrir estaban cerradas a cal y canto. Finalmente, entró al salón por la gran puerta abierta; le pareció extrañamente grande y vacío: la negra con la blusa verde ya había empezado a limpiar con su gran aspirador. De toda la gente de la velada sólo quedaban unos señores charlando de pie y en voz baja; iban vestidos y no prestaban atención alguna a Chantal, quien, percatándose de su desnudez repentinamente inoportuna, los observaba con timidez. Otro señor, de unos setenta años, con un albornoz blanco y pantuflas, se dirigió hacia ellos para hablarles.

Ella se devanaba los sesos para descubrir por dónde podía salir, pero en esa atmósfera metamorfoseada, con ese despoblamiento inesperado, la disposición de las habitaciones le parecía transfigurada y ya no era capaz de orientarse. Vio la puerta de la sala de al lado abierta de par en par, la misma en la que la rubia con saliva en la boca había intentado ligársela; al cruzar el umbral, la sala estaba vacía; se detuvo y buscó otra puerta; no la había.

Volvió al salón y comprobó que, entretanto, los señores se habían ido. ¿Por qué no habré estado más alerta? ¡Habría podido seguirles! Tan sólo permanecía allí el septuagenario con su albornoz. Sus miradas se cruzaron y ella lo reconoció; en la exaltación de una repentina confianza, fue hacia él:

—Le he llamado, ¿se acuerda? Usted me dijo que viniera, ¡pero cuando llegué no le encontré!

—Ya lo sé, ya lo sé, perdóneme, ya no tomo parte en esos juegos infantiles —le dijo amablemente, pero sin prestarle atención.

Se dirigió hacia las ventanas y las abrió una tras otra. Una fuerte corriente de aire recorrió el salón.

—Me alegra mucho encontrar a alguien a quien conozco —dijo Chantal agitada.

—Hay que ventilar toda esta peste.

—Dígame cómo puedo encontrar el rellano. Tengo allí toda mi ropa.

—No se impaciente —dijo él, y fue hacia un rincón del salón, donde, olvidada, había una silla; se la llevó—. Siéntese. Me ocuparé de usted en cuanto esté libre.

La silla está colocada en medio del salón. Dócilmente, Chantal se sienta. El septuagenario va hacia la negra y desaparece con ella en otra habitación. Allí empieza ahora a roncar el aspirador; en medio de ese ruido, Chantal oye la voz del septuagenario dando órdenes y luego golpes de martillo. ¿Un martillo?, se pregunta sorprendida. ¿Quién trabajará allí con un martillo? ¡Ella no ha visto a nadie! ¡Alguien ha debido de llegar! Pero ¿por dónde habrá entrado?

La corriente de aire levanta las cortinas rojas de las ventanas. Desnuda, Chantal tiene frío. Una vez más, oye martillazos y, asustada, comprende: ¡están clavando todas las puertas! ¡Ella nunca saldrá de allí! La invade una sensación de inmenso peligro. Se levanta de la silla, da tres o cuatro pasos, pero, sin saber adónde ir, se detiene. Quiere pedir socorro. Pero ¿quién puede prestarle ayuda? En ese momento de extrema angustia, vuelve a ella la imagen de un hombre que lucha contra la multitud para alcanzarla. Alguien le tuerce un brazo en la espalda. No ve su rostro, sólo su cuerpo doblado en dos. Dios mío, quisiera recordarlo con mayor precisión, evocar sus rasgos, pero no lo consigue, sabe tan sólo que es el hombre a quien ama y ahora es lo único que le importa. Ella lo ha visto en esta ciudad, no puede estar lejos. Quiere encontrarlo lo antes posible. Pero ¿cómo? ¡Las puertas están clavadas! Luego ve una cortina roja que revolotea cerca de

170

una ventana. ¡Las ventanas! ¡Están abiertas! ¡Tiene que ir hacia una ventana! ¡Tiene que gritar en la calle! ¡Podrá incluso saltar afuera si la ventana no es demasiado alta! Otro martillazo. Y otro. Ahora o nunca. El tiempo trabaja en contra suya. Es la última oportunidad para actuar.

48

Jean-Marc vuelve al banco apenas visible en la oscuridad en la que lo dejaban las dos farolas de la calle, muy alejadas la una de la otra.

Hizo el gesto de sentarse, pero oyó un aullido que le sobresaltó; un hombre, que entretanto había ocupado el banco, le insultó. Se fue sin protestar. Ya está, ésta es mi nueva condición; tendré que pelearme incluso por un rincón donde dormir.

Se detuvo allí donde, al otro lado de la calzada, frente a él, el farol colgado entre las dos columnas iluminaba la puerta blanca de la casa de donde lo habían echado dos minutos antes. Se sentó en la acera, apoyado en la verja que rodeaba el parque.

Empezó a caer una lluvia fina. Se levantó el cuello de la chaqueta y observó la casa.

De repente, las ventanas se abren una tras otra. Las cortinas rojas, corridas hacia los lados, revolotean bajo la brisa y le permiten ver el techo blanco iluminado. ¿Qué significará eso? ¿Se habrá acabado la fiesta? Pero ¡si no ha salido nadie! Hace unos minutos, ardía en el fuego de los celos y ahora sólo siente miedo, miedo por Chantal. Quiere hacer cualquier cosa por ella, pero no sabe qué y eso es insoportable: no sabe cómo ayudarla y, no obstante, sólo él puede ayudarla, sólo él, porque ella no tiene a nadie en el mundo, a nadie más en ninguna otra parte del mundo.

Con el rostro bañado en lágrimas, se levanta, da unos pasos hacia la casa y grita su nombre.

49

El septuagenario, con otra silla en la mano, se detiene delante de Chantal: «¿Adónde quiere ir?».

Sorprendida, lo ve ante sí y, en ese momento de gran turbación, siente subir desde las entrañas una fuerte oleada de calor que le invade el vientre, el pecho y le cubre la cara. Está en llamas. Está completamente desnuda, completamente roja, y la mirada del hombre sobre su cuerpo le hace sentir cada parcela de su ardiente desnudez. Con un gesto mecánico lleva la mano hacia el pecho, como si quisiera ocultarlo. En su interior las llamas van consumiendo rápidamente todo valor y toda rebeldía. De repente, se siente cansada. De repente, se siente débil.

Él la toma por el brazo, la lleva hacia la silla y coloca la suya justo delante. Están sentados, solos, frente a frente, muy cerca el uno del otro, en medio del salón vacío.

La fría corriente de aire envuelve el cuerpo sudoroso de Chantal. Ella tiembla y, con una voz endeble y suplicante, pregunta:

—¿No se puede salir de aquí?

—¿Y por qué no quiere usted quedarse aquí conmigo, Anne?

—¿Anne? —El horror la deja helada—. ¿Por qué me llama usted Anne?

—¿No se llama usted así?

—¡Yo no soy Anne!

—¡Pues yo la he conocido siempre con el nombre de Anne!

Desde la habitación de al lado llegan aún algunos martillazos; él vuelve la cabeza en aquella dirección como si dudara en intervenir. Chantal aprovecha ese momento de descuido para intentar comprender: está desnuda, ¡pero siguen desnudándola! ¡Desnudándola de su yo! ¡Desnudándola de su destino! Tras bautizarla con otro nombre, la dejarían sola entre desconocidos a quienes nunca podrá explicar quién es.

Ya no confía en salir de allí. Las puertas están clavadas. Modestamente, tendrá que empezar por el comienzo. Y el comienzo es su nombre. Quiere conseguir ante todo, como mínimo indispensable, que el hombre sentado frente a ella la llame por su nombre, por su verdadero nombre. Es lo primero que le pedirá, que le exigirá. Pero, en cuanto se lo ha propuesto, comprueba que su nombre ha quedado bloqueado en su mente; ya no se acuerda de él.

Presa de un gran pánico, sabe sin embargo que su vida está en juego y que, para defenderse, para luchar, tiene que recobrar a cualquier precio su sangre fría; con encarnizada concentración se esfuerza por acordarse: la habían bautizado con tres nombres, sí, tres, y sólo ha utilizado uno, eso lo sabe, pero ¿cuáles fueron esos nombres y cuál se adjudicó? ¡Dios mío, debió de oír ese nombre millones de veces!

Volvió a surgir el recuerdo del hombre a

174

quien amaba. Si estuviera allí, él la llamaría por su nombre. Tal vez, si recordara su rostro, podría imaginarse la boca que pronuncia su nombre. Ésta le parece una buena pista: llegar a su nombre por medio de ese hombre. Intenta imaginárselo y, una vez más, ve una silueta que se debate en medio de una multitud. Es una imagen difuminada, huidiza, se esfuerza por retenerla, por retenerla y ahondar en ella, por oírla desde el pasado: ¿de dónde habrá venido ese hombre?, ¿cómo se habrá metido en la multitud?, ¿por qué habrá forcejeado?

Se esfuerza por entender ese recuerdo y se le aparece un jardín; es grande, con una casa de campo, donde, entre mucha gente, vislumbra a un hombre bajito, frágil, y recuerda haber tenido con él un hijo, un hijo del que no sabe nada sino que ha muerto...

—¿Dónde anda usted perdida, Anne?

Ella levanta la cabeza y ve a un viejo, sentado frente a ella, que la mira.

—Mi hijo ha muerto —contesta.

El recuerdo es demasiado vago; por eso lo ha dicho en voz alta; cree que así lo hará más real; así piensa retenerlo, como un retazo de su vida que la rehúye.

Él se inclina sobre ella, le toma las manos y

dice pausadamente, con una voz cargada de estímulo:

—¡Anne, olvide a su hijo, olvide a los muertos, piense en la vida!

Le sonríe. Luego hace un gran gesto con la mano, como si quisiera señalar algo inmenso y sublime:

—¡La vida! ¡La vida, Anne, la vida!

Esa sonrisa y ese gesto la llenan de espanto. Se levanta. Tiembla. Su voz tiembla:

—¿Qué vida? ¿A qué llama usted vida?

La pregunta que acaba de formular irreflexivamente reclama otra: ¿y si ya fuera la muerte?, ¿y si eso es la muerte?

Arroja a un lado la silla, que rueda por el salón hasta topar contra la pared. Quiere gritar, pero no encuentra las palabras. Un largo «aaaaa» inarticulado brota de su boca.

50

—¡Chantal! ¡Chantal! ¡Chantal!

Jean-Marc estrechaba entre sus brazos su cuerpo sacudido por el grito.

—¡Despierta! ¡No es verdad!

Ella temblaba entre sus brazos, y él volvía a decirle varias veces que no era verdad.

Ella repetía a su lado:

—No, no es verdad, no es verdad —y, lentamente, muy lentamente, iba calmándose.

Y yo me pregunto: ¿quién ha soñado? ¿Quién ha soñado esta historia? ¿Quién la ha imaginado? ¿Ella? ¿Él? ¿Los dos? ¿El uno para el otro? Y, a partir de ese momento, ¿se habrá transformado su vida real en esa pérfida fantasía? Pero ¿en qué momento? ¿Cuando el tren se hundió bajo el mar de la Mancha? ¿Antes? ¿La mañana en que ella anunció que se iba a Londres? ¿O antes aún? ¿El día en que, en el consultorio del grafólogo, ella volvió a encontrar al camarero del bar de la ciudad normanda? ¿O antes aún? ¿Cuando Jean-Marc le envió la primera carta? Pero ¿las habrá enviado realmente? ¿O las habrá escrito tan sólo en su imaginación? ¿En qué momento preciso lo real se convirtió en irreal, la realidad en ensoñación? ¿Dónde estaba la frontera? ¿Dónde está la frontera?

51

Veo sus dos cabezas, de perfil, iluminadas por la lámpara de la mesita de noche: la cabeza de Jean-Marc, con la nuca en la almohada; la cabeza de Chantal, inclinada sobre él a unos diez centímetros.

Ella decía: «Ya no dejaré de mirarte. Te miraré sin parar».

Y, después de una pausa: «Tengo miedo cuando mis ojos parpadean. Miedo de que, durante ese segundo en que mi mirada desaparece, se deslice en tu lugar una serpiente, una rata, otro hombre».

Él intentaba incorporarse un poco para tocarla con los labios.

Ella movía la cabeza: «No, quiero únicamente mirarte».

Y luego: «Dejaré la lámpara encendida toda la noche. Todas las noches».

Terminado en Francia, en otoño de 1996